에놀라 홈즈 시리즈 1
사라진 후작

첫 번째 사건

사라진 훈장

낸시 스프링어 지음

김진희 옮김

북레시피

"하지만 너무 오랫동안 머뭇거렸다."

등 뒤에서 무거운 발걸음 소리가 들려왔다.

나는 젖 먹던 힘까지 다해 달아났지만 이미 때는 너무
늦었다. 발소리가 나를 덮쳤다. 단단한 손이 내 팔을 꽉
움켜쥐었다. 비명을 지르기 시작했지만, 어느새 쇳덩이
같은 손이 내 입을 틀어막았다. 귓가에 굵은 목소리가
나직하게 울려 퍼졌다.

"움직이거나 소리치면 죽을 줄 알아."

나는 공포에 휩싸인 채 꽁꽁 얼어붙었다. 휘둥그레진
눈으로 어둠을 응시하는데 도통 움직일 수가 없었다.
간신히 숨만 쉴 수 있을 뿐이었다. 내가 헐떡거리자
남자가 쥐었던 내 팔을 놓고는 뒤에서 감싸 안으며
이번엔 내 두 팔과 몸을 옥죄어왔다. 설마 그의 가슴일
것이라고는 생각지도 못할 만큼 돌벽 같은 느낌이 등
뒤로 전해져왔다. 그가 손으로 내 입을 틀어막았다.
그 순간 떨리는 입술로 뭔가 소리 내어 말하려는데
어둑한 밤 금속의 번득거림이 흐릿하게 먼저 내 눈에
들어왔다. 뭔가 긴 형체의 물건이었다. 그 물건은
차츰 가늘어지더니 얼음 조각처럼 끝이 뾰족해졌다.
칼날이었다.

어머니에게 - N. S.

.

〈에놀라 홈즈 시리즈〉 전7권

사라진 후작

암호 해독법

1888년 8월의 어느 밤, 런던의 이스트엔드에서

불빛이라고는 희미하게 꺼져가는 가스등과, 선술집 바깥에서 삶은 바다 달팽이를 파는 노인들이 냄비를 올려놓은 채 지키고 앉아 있는 조약돌 불판의 불빛이 전부였다. 머리끝에서 발끝까지 온통 검은색으로 차려입은 낯선 여자가 마치 자신도 그림자에 지나지 않는 듯 아무도 모르게 그림자에서 그림자로 미끄러지듯 지나쳐간다. 그녀가 사는 곳에선 남편이든, 아버지든, 형제든, 그 누가 되었든 동반해주는 사람 하나 없이 여자 혼자 밤에 돌아다니는 건 상상도 할 수 없는 일이다. 그러나 그녀는 잃어버린 사람을 찾기 위해서라면 무엇이든 해야 할 참이다.

검은 베일 아래로 눈을 동그랗게 뜬 여자는 걸어가면서 유심히 살피고, 찾고, 지켜본다. 금이 간 포장도로

위로 깨진 유리도 지켜본다. 겁 없는 쥐가 털 하나 없
는 혐오스러운 꼬리를 질질 끌며 어슬렁거리는 모습도
지켜본다. 쥐와 깨진 유리 조각 한가운데 맨발로 달아
나는 누더기 차림의 아이들도 바라본다. 그녀는 빨간
색 플란넬 조끼를 입은 남자들과 싸구려 짚으로 기운
보닛(앞에 넓은 차양이 달리고, 리본을 턱 밑에서 매는 여성·
아동용 모자의 하나-역주)을 쓴 여자들이 쌍을 지어 서로
팔짱을 끼고 뒤뚱이며 걷는 모습도 지켜본다. 쥐들 틈
바구니에서 누군가 술에 취해 있거나, 자고 있거나, 심
지어 죽은 듯이 뻗어 있는 모습도 쳐다본다.

주위를 살피면서 그녀는 귀도 쫑긋 세우고 있다. 어
딘가에서 거무스름한 공기 속으로 허디거디(9세기경
부터 서유럽에서 사용되고 있는 찰현 악기로, 현과 송진을 붙
인 나무 바퀴와 건반을 지닌 일종의 기계식 바이올린-역주)가
내뿜는 바이올린 소리가 들려온다. 검은 베일을 쓴 채
누군가를 쫓으며 그녀는 그 바이올린 소리에 귀를 기
울인다. 어린 소녀 하나가 술집 문 바깥에서 "아빠? 아
빠?" 하며 불러대는 소리도 들린다. 비명, 웃음소리, 술
에 취해 고래고래 떠드는 소리는 물론이고, 노점상들
이 "굴이요! 식초 간을 해서 통째로 드세요. 1페니에 네
개 드립죠."라고 외치는 소리도 들린다.

그녀는 식초 냄새를 맡아본다. 진과 데친 양배추, 뜨

거운 소시지, 근처 항구에서 풍겨오는 짭조름한 냄새, 템스 강변의 악취도 맡아본다. 썩은 고기 냄새는 물론이고, 처리되지 않은 오물의 냄새도.

그녀는 걸음을 재촉한다. 계속 움직여야만 한다. 누군가를 쫓고 있을 뿐 아니라, 누군가에게 쫓기고 있기 때문이다. 검은색 베일을 쓴 그녀는 추적자이자 쫓기는 자다. 그녀는 자신을 쫓는 사람들이 찾을 수 없도록 멀리멀리 가야만 한다.

다음 가로등에 다다를 즈음, 립스틱을 짙게 바르고 눈 화장을 한 여자가 출입구 쪽에서 누군가 기다리는 모습이 보인다. 이륜마차 한 대가 와서 멈추더니 연미복 차림에 실크해트(서양의 남성 정장용 모자-역주)를 눌러쓴 한 남성이 차에서 내린다. 검은색 옷차림의 감시자는 현관문 쪽에 있던 이 여자가 아무리 야회복을 입었다 한들, 그러니까 한때 이 신사의 사회 계층에 걸맞은 여성이 착용했을 법한, 목이 깊게 파인 야회복을 입고 있다 한들, 그 신사가 여기에 춤이나 추려고 와 있다고 생각하지는 않는다. 립스틱으로 붉게 번진 입술이 웃고는 있지만, 감시자는 그녀의 초췌한 눈이 공포에 사로잡혀 있는 것을 본다. 그녀와 같은 매춘부로 추정되는 한 여자가 최근 얼마 떨어지지 않은 곳에서 기다란 칼자국과 함께 속이 훤히 드러난 채 시체로 발견됐

13

다. 검은 베일의 추적자는 그녀와 눈을 마주치지 않으려고 애쓰며 계속해서 걷는다.

털이 덥수룩한 한 남자가 벽에 기댄 채 어슬렁거리다가 그녀를 발견하고는 윙크를 보낸다. "아가씨, 여기서 혼자 뭐해? 외로운데 친구나 되어드릴까?" 신사라면 통성명을 밝히지도 않은 채 말을 걸 리 없었다. 그녀는 남자의 말 따위는 아랑곳하지도 않은 채 서둘러 길을 지나간다. 그녀는 아무와도 이야기해서는 안 된다. 여기 출신이 아니기 때문이다. 그렇다고 이런 사실이 그녀에게 문제 될 건 없었다. 여태 어디에도 속한 적이 없던 그녀였다. 어떤 면에서 그녀는 늘 외톨이였다. 하지만 어둠 속을 유심히 살필수록 그녀는 마음이 그다지 편치 않았다. 집도 절도 없이 세계에서 가장 큰 도시를 떠도는 이방인으로, 당장 오늘 밤 어디에서 눈을 붙여야 할지조차 알 수 없었기 때문이다.

만일 주님이 허락하셔서 아침까지 목숨을 부지할 수 있다면, 자신이 그토록 찾아 헤매는 사랑하는 사람을 만나게 될 수 있기만을 간절히 바랄 뿐이다.

14　　어둠 속을 가면 갈수록 그녀는 런던 동부 부둣가 근처의 빈민가로 점점 더 깊이 빠져든다. 혼자서.

1장

엄마가 왜 내 이름을 '에놀라Enola'라고 지었는지 정말 알고 싶다. 에놀라를 뒤에서부터 읽으면 'alone(혼자서)'이다. 엄마는 옛날에도 그랬고 아마 지금도 그럴 테지만 암호를 좋아했다. 심지어 아빠가 돌아가시기 전에도 예감이든, 왼손잡이의 축복 같은 것이든, 아니면 이미 구체화된 계획이든, 엄마는 암호를 통해 틀림없이 뭔가를 염두에 두었을 것이다.

어쨌든 엄마는 거의 하루도 빠짐없이 내게 말하곤 했다. "에놀라, 넌 혼자서도 매우 잘해나갈 거야." 정말이지 엄마는 스케치북과 붓, 수채화 물감을 들고 전원지대를 떠돌아다니기 위해 집을 나설 때에도 평상시 무심코 건네는 인사말처럼 이 말을 했다. 그리고 '혼자서'라는 말은 결국 엄마가 내 열네 번째 생일인 7월의 어느 저녁에 우리 집 펀넬 홀로 돌아오기를 거부했을 때의 홀로 남겨진 내 모습을 대변하는 말이 되었다.

어쨌든 나는 집사인 레인 씨와 요리사인 그의 아내와 함께 생일 축하연을 벌였기 때문에 처음에는 엄마가 없다는 사실이 그렇게 속상하게 느껴지진 않았다. 사실 엄마와 나는 처음엔 서로 다정했을지 몰라도, 서로의 일에 좀처럼 나서는 법이 없었다. 나는 엄마가 어떤 급한 용무 때문에 어딘가 갔을 것이라고 추측했다. 특히 티타임 때 내게 줄 선물 꾸러미를 레인 씨에게 일러놓았기 때문이다.

엄마가 준 선물 꾸러미에는 이런 것들이 들어 있었다.

그림 용구 세트 한 개: 뚜껑을 열면 이젤로 변하는 평평한 그림 용구 나무 상자 안에는 종이, 연필, 연필깎이용 작은 주머니칼, 인도산 고무지우개가 가지런히 잘 담겨 있었다.

'꽃말'이라는 제목의 두꺼운 책 한 권: 여기에는 메시지와 글들이 적힌 부채, 손수건, 봉인용 밀랍, 우표가 곁들여 있었다.

이 두꺼운 책보다 훨씬 작은 암호 책 한 권.

나는 아직 그림에 미숙했지만, 엄마는 내 안에 잠재해 있는 이 작은 소질을 북돋워주었다. 어떤 주제의 책이든 거의 닥치는 대로 즐겨 읽듯이 내가 스케치하는 것도 좋아한다는 사실을 엄마는 알고 있었기 때문이다. 하지만 암호에 대해서 나는 영 시큰둥했는데 엄마는 그것도 알고 있었다. 그럼에도 엄마는 내가 읽기 쉽도록 우아한 수채화 물감으로 그린 꽃으로 장식한 페이지를 한 장 한 장 포개고 묶어 손수 이 자그마한 책자를 만들었다.

틀림없이 엄마는 상당한 시간을 들여 이 선물을 준비했을 것이다. 나에 대한 엄마의 관심이 부족했을 리가 없다. 틀림없다. 그날 밤 내내 나는 이렇게 몇 번이고 되뇌었다.

엄마가 어디에 있는지 도통 알 수는 없었지만, 밤사이 엄마가 집에 오거나 메시지를 보낼 것이라고 기대했다. 그렇게 나는 평화롭게 잠들었다.

하지만 다음 날 아침, 레인 씨는 내게 고개를 가로저었다. 아니, 엄마는 돌아오지 않았다. 아니, 엄마에게선 어떤 소식도 없었다.

바깥을 쳐다보니 회색빛 비가 쏟아지고 있었다. 내 기분과 딱 맞는 회색이었다. 비가 내릴수록 덩달아 내 기분도 점점 더 가라앉았다.

아침 식사를 마친 후, 위층 내 침실로 후다닥 돌아왔다. 침실은 나의 안락한 피신처다. 옷장, 세면대, 화장대 등이 하얀색으로 칠해져 있고, 그 가장자리에는 핑크색과 파랑색 스텐실로 찍은 꽃다발 문양이 있다. 흔히들 '오두막집 가구'라 부르고, 어린아이에게나 어울릴 법한 싸구려 재료로 만든 것이었지만, 내 맘에는 쏙 들었다. 대체로 그랬다.

하지만 오늘은 그렇지 않았다.

나는 도저히 집 안에 잠자코 있을 수가 없었다. 도무지 가만히 앉아 있을 수가 없어 부츠 위에 덧신을 신고 서둘러 무릎까지 끌어당겼다. 예전에 오빠가 입던 편안한 셔츠와 헐렁한 반바지에다 황급히 비옷도 걸쳤다. 마치 고무공이 튀듯 아래층으로 쏜살같이 튀어 내려간 나는 복도의 우산꽂이에서 우산도 하나 꺼내들었다. 그러고는 부엌을 통해 바깥으로 나가면서 레인 부인에게 말했다. "나가서 좀 둘러보고 올게요."

이상한 노릇이다. 지금 이 말은 내가 뭔가를 찾으러 나갈 때마다 거의 매일 무심코 레인 씨에게 하던 말이다. 뭐가 됐든 통상 무엇을 찾으러 나갈 때면 늘 이 같은 말을 내뱉고는 나무 위로 기어 올라가곤 했다. 위에 뭐가 있는지 보려던 것뿐이었다. 안에는 밤색과 노란색 줄무늬가 있는 달팽이 껍질, 땅콩 클러스터, 새 둥지 같은 것들이 있었다. 까치집이라도 발견하는 날이면 그 안에서 신발 액세서리나, 반짝이는 리본, 누군가 잃어버린 귀걸이 같은 것들을 찾곤 했다. 나는 마치 대단한 귀중품이라도 잃어버린 듯 이런저런 것들을 찾곤 했다.

그러나 이번에는 달랐다. 정말로 중요한 것을 찾으러 가는 길이었다.

레인 부인도 이번에는 뭔가 다른 낌새를 알아차린 모양이다. 모자라고는 한 번도 쓴 적이 없던 내게 "에놀라 양, 모자는 어디 있죠?"라고 말하는 걸 보면. 하지만 그녀는 내가 나가는 모습을 지켜보면서도 꿀 먹은 벙어리마냥 아무 말도 하지 않았다.

'엄마를 찾으러 나가야겠어.'

나는 정말로 혼자서 엄마를 찾을 수 있을 거라고 생각했다.

일단 엄마가 부엌에서 보이지 않자, 나는 엄마의 흔적을 찾아 마치 비글(다리도 짧고 몸집도 작은 사냥개-역주)이라도 된 듯 이리저리 뛰어다니기 시작했다. 어제 아침에는 생일 턱으로 침대에 누워 뒹굴뒹굴해도 좋다는 허락을 받았다. 하지만 그 바람에 엄마가 나가는 모습도 보지 못했다. 어쨌든 나는 평상시처럼 엄마가 꽃과 식물을 자세히 관찰하며 그림을 그리느라 몇 시간

19

이고 보내고 있으리라 짐작하고 처음에는 펀델 구내에서 엄마를 찾았다.

엄마는 사유지를 관리할 때 식물들이 제멋대로 자라도록 내버려두기를 좋아했다. 나는 거친 야생의 분위기가 훤히 드러나는 화원과 덤불, 나무떨기가 침범해 있는 잔디밭, 그리고 포도와 머루로 뒤덮인 숲속을 거닐었다. 그러는 내내 하늘에서는 내 머리 위로 잿빛 빗방울을 쏟아냈다.

나이 든 양치기 개 레지날드는 나와 함께 빠른 걸음으로 걷다가 젖는 게 싫증이 났던지 피할 곳을 찾아 냉큼 왼쪽으로 가버렸다. 똑똑한 녀석. 무릎까지 흠뻑 젖은 나는 레지날드처럼 행동했어야 한다는 걸 알았지만 그럴 수가 없었다.

걸음걸이가 빨라질수록 엄마에 대한 근심도 눈덩이처럼 불어 어느새 그 공포가 채찍질처럼 나를 계속 몰아갔기 때문이다. 엄마가 다치거나 아픈 채로 여기 어딘가에 기절해 있거나, 아니면 결코 젊은 나이가 아닌걸 감안할 때 어딘가에서 심장마비로 쓰러져 있을지도 모른다는 두려움이 움트기 시작했다. 어쩌면 엄마는…… 감히 어떻게 이 말을 입에 담을 수 있을까? 차라리 이런 표현이 낫겠지 싶다. '어쩌면 엄마는 생을 마치셨거나, 생사의 다리를 건너셨거나, 세상을 떠나

셨거나, 아빠가 계신 곳으로 가신 게 아닐까.'

제발, 그런 일이 일어나서는 안 된다.

엄마와 '죽고 못 사는 사이'도 아니었기 때문에 엄마가 사라진 사실에 대해 내가 너무 크게 마음 쓰지는 않을 거라고 생각하는 사람도 있을 수 있다. 하지만 정반대로 나는 두려움에 사로잡혔다. 행여나 엄마에게 잘못된 일이라도 생기면, 모두 내 탓인 것 같았기 때문이다. 나는 살면서 무슨 일이 일어나든 항상 다 내 탓이라고 느꼈다. 환영받지 못하는 늦둥이로 태어나 수치스러운 존재이자 짐스런 존재가 된 것에 대해 죄책감이 들었기 때문이다. 그래서 나는 어른이 되면 이 문제를 꼭 바로잡으리라고 다짐해왔다. 어쨌든 언젠가는 내 인생이 불명예의 그늘에서 벗어나 빛나게 되기를 바랐다.

때가 되면 엄마가 나를 사랑한다는 걸 다들 알게 될 것이다.

그러니 엄마는 살아 있어야만 한다.

나는 엄마를 찾아야만 한다.

엄마를 찾아다니며 나는 대지주들이 몇 대에 걸쳐 산토끼와 들꿩을 사냥하던 숲을 누비고 다녔다. 완만한 비탈길, 양치식물로 뒤덮인 작은 동굴 바위라 불리는 우리 사유지도 오르락내리락했다. 이곳은 한때 내가 아끼던 장소였지만 이제 더는 어슬렁거리지 않는다. 나는 나무숲이 끝나고 농지가 시작되는 공원의 가장자리를 향해 계속해서 걸었다.

그렇게 들판으로 계속 찾아 나섰다. 꽃을 좋아하는 엄마가 그리로 갔을 수도 있었기 때문이다. 도시로부터 그리 멀리 떨어져 있지 않은 이곳에서 펀델 소작인들은 언제부턴가 야채 대신 블루벨(청색이나 흰색의 작은 종 모양 꽃이 피는 식물-역주)과 팬지꽃, 백합으로 농사를 짓기 시작했다. 코벤트 가든에 매일같이 신선한 꽃을 배달하면 벌이가 더 괜찮았기 때문이다. 여기엔 죽 늘어선 장미와 기생초는 물론 타는 듯이 붉은 백일초와 양귀비가 자라고 있었는데 모두 런던에 내다 팔 것들이었다. 꽃밭을 지켜보고 있으려니 생긋 미소 띤 하녀들이 대저택의 방방마다 신선한 꽃들로 장식해놓은 밝은 도시 이미지가 떠올랐다. 그런 대저택에서는 매일 저녁 상류층 여성과 왕실 여인들이 아네모네와 제비꽃으로 머리와 드레스를 한껏 치장하고 향기를 뿜어내고 있으리라.

22

하지만 지금 저 수많은 꽃들은 비에 흠뻑 젖은 채로 축 처져 있었고, 내 상상 속의 런던은 그저 꽃밭에 서린 옅은 안개처럼 한두 번의 입김과 함께 증발해버렸다.

대체 엄마는 어디에 있을까?

상상 속에서 — 런던이 아니고 엄마에 대한 상상 말이다 — 나는 혼자 힘으로 엄마를 찾아냈고, 엄마를 구출한 여걸이 되었으며, 그런 나를 엄마는 감사와 사랑이 담뿍 담긴 표정으로 바라보고 있었다.

하지만 이건 그야말로 상상일 뿐이었다. 실제로 난 아무것도 못하는 바보였다.

지금까지 고작 사유지의 4분의 1밖에 수색하지 못한 것이다. 이건 농지보다 훨씬 작은 범위였다. 엄마가 상처라도 입었다면, 발견하기도 전에 엄마가 이미 숨을 거둘지도 모를 일이었다.

나는 방향을 돌려 펀넬 홀로 서둘러 돌아왔다.

문 안에 들어선 나를 보자, 레인 씨 부부가 마치 둥지 위 한 쌍의 멧비둘기처럼 득달같이 내게 달려들었다. 레인 씨가 우산을 받아들고 흠뻑 젖은 내 외투와 부츠를 벗기는 동안 레인 부인은 온기를 쬘 수 있도록 나를 부엌으로 떠밀었다. 비록 레인 부인이 나를 야단칠 수 있는 입장은 아니었지만, 그녀는 똑 부러지게 하고 싶었던 말을 다 토해냈다. "비 오는 날 바깥에서 몇 시간을 있다니 어쩜 그렇게 어리석을 수가 있어요." 그녀가 커다란 석탄 난로의 뚜껑 한쪽을 비집어 열며 말했다. "평민이든 귀족이든 감기에 걸리는 건 마찬가지예요. 그러면 죽을 수도 있다고요." 난로 위에 찻주전자를 올려놓으면서 거기에 대고 말했다. "폐결핵은 언제 어디서든 누구나 걸릴 수 있는 병이에요." 차통에다 대고도 말했다. 레인 부인이 딱히 나를 향해 말하고 있는 것은 아니었기 때문에 대답할 필요는 없었다. 사실 그녀는 내게 그 어떤 말도 할 수 있는 신분이 아니었다. "독립심이 강한 건 좋은데 굳이 편도선염이라든가 흉막염, 폐렴, 아니 그보다 더 심한 병이 걸릴 지경이 되도록 돌아다니진 말아야죠." 그러고 나서 그녀는 내 쪽으로 얼굴을 돌렸다. 언제 그랬냐는 듯 목소리 톤도 상냥해져 있었다. "실례지만 에놀라 아가씨, 오찬 드시겠어요? 의자를 난로에 좀 더 가까이 붙여보실래요?"

"그러면 토스트처럼 갈색으로 구워질 거예요. 아뇨, 오찬은 됐어요. 엄마에 관해 뭐 소식 들어온 건 있나요?" 레인 씨 부부가 어떤 소식이라도 듣게 되면 즉시 알려주겠다고 했던 터라 이미 어떤 대답이 나올지는 뻔했다. 하지만 묻지 않을 수 없었다.

"없습니다, 아가씨." 레인 부인이 마치 아기라도 감싸듯 앞치마로 양손을 둘둘 감싸며 말했다.

나는 자리에서 벌떡 일어섰다. "그러면 전 적어놔야 할 메모가 좀 있어서요."

"에놀라 아가씨, 서재에는 불이 없어요. 아가씨한테 필요한 것들을 제가 여기 탁자로 가져다드릴게요."

그 어두침침한 방의 커다란 가죽 의자에 앉을 필요가 없다니 솔깃했다. 레인 부인이 압지와 함께 서재 책상에 있던 우리 가문의 이름이 인쇄된 종이와 잉크병, 만년필을 따뜻한 부엌으로 가져왔다.

나는 만년필을 잉크에 살짝 담근 후, 크림색 편지지에다 엄마가 실종되었다는 공지와 함께 엄마를 찾는 수색 팀을 꾸려달라고 지역 경찰에 정중히 부탁하는 글을 몇 마디 적었다.

그러고 나서 자리에 앉아 생각했다. '정말 이래도 되는 걸까?'

안타깝지만 그래야 했다. 더는 지체할 수 없었기 때문이다.

전신을 통해 순식간에 몇 마일을 날아가 텔레타이프(부호 전류로 송신한 통신문을 자동으로 문자나 기호로 바꾸어 수신기에 인쇄하는 기록 장치-역주)로 송신될 또 다른 글도 좀 더 천천히 써 내려갔다.

레이디 유도리아 버넷 홈즈가 어제 이후로 실종.

에놀라 홈즈에게 연락 바람.

나는 이 전신을 런던의 팰맬 가에 사는 마이크로프트 홈즈에게 보냈다.

그리고 같은 메시지를 런던의 베이커 가에 사는 셜록 홈즈에게도 보냈다.

바로 내 친오빠들 말이다.

2장

레인 부인이 권한 차를 한 모금 마신 후, 마을에 엄마를 찾는 쪽지 전단을 돌리기 위해 말려둔 헐렁한 반바지로 갈아입고 길을 나섰다.

"비가 오면 쪽지가 젖을 텐데요. 딕 녀석이 처리할 거예요." 레인 부인이 다시 앞치마로 감싼 양손을 닦으며 말했다.

레인 부인이 자기 아들을 두고 한 말이다. 사실 딕은 자신보다 좀 더 똑똑한 콜리견 레지날드에게 대놓고 감시를 당하면서도 사유지 주변을 얼쩡대며 걸핏하면 말썽을 부리곤 했다. 나는 엄마를 찾는 이 중요한 일에 딕이 웬말이냐고 투덜대는 대신 대충 에둘러 말했다. "마을에 가서 엄마 소식 좀 확인해보려고요. 자전거 타고 다녀올게요."

이 자전거로 말할 것 같으면, 털털거리는 오래된 고물 자전거가 아니었다. 공기 타이어를 장착한 완벽하고 안전한 최신식 '소형' 자전거였다.

이슬비를 맞으며 자전거 페달을 굴리던 나는 관리인 오두막 입구에 잠시 멈춰 섰다. 펀넬은 말이 저택이지 실은 비좁고 볼품없는 벽돌집에 불과한 작은 홀이었다. 하지만 어쨌든 차가 드나들 수 있어야 하고, 출입문도 있어야 하기에 오두막집이 자리하고 있는 것이었다.

"쿠퍼, 문 좀 열어주실래요?" 하고는 오두막 관리인에게 물었다. "그런데 혹시 어제 우리 엄마한테 문 열어주신 적 있으세요?" 쿠퍼는 이런 뜬금없는 질문에도 그다지 놀라지 않은 얼굴로 그런 적 없다고 대답했다. 레이디 유도리아 홈즈는 이 길을 지나간 적이 없었다.

쿠퍼의 승인을 받고 펀넬을 벗어난 나는 페달을 좀 더 밟아 키네포드 마을로 들어섰다.

그곳 우체국에 들러 전보를 보낸 후, 본격적으로 엄마를 찾기 전 경찰 지구대에 들러 내 쪽지 전단을 넘기고 정황을 설명했다. 그런 다음 목사관, 채소 가게, 빵집, 제과점, 정육점, 생선 가게 등에도 들러 최대한 조심스레 엄마의 행방을 수소문했다. 그들 중 아무도 엄마를 보지 못했다. 그런 가운데 목사님 부인이 나를 보더니 깜짝 놀라 눈썹을 치켜올렸다. 내 헐렁한 바지를 보고 놀란 모양이었다. 통상 거리에서 자전거를 타려면 '예의에 맞는 옷'을 입어야 했다. 블루머(아랫단에 고무줄을 넣어 운동용으로 만든 여자용 반바지 – 역주) 위에 입는 우비 치마나, 발목을 가릴 정도로 긴 전형적 치마 말이다. 엄마가 (난로 옆에 두는) 석탄 통이나 피아노 뒤편 같은 후미진 곳을 잘 정리하지 못한다고 핀잔을 들었던 것과 마찬가지로, 나를 잘 길들이지 못한다는 걸로도 비난받았다는 사실을 나는 알고 있었다.

그만큼 나는 당혹스러운 아이였다.

하지만 나는 살면서 그런 불명예에 의문을 품어본 적이 없다. 그건 '정숙한' 여자는 무지한 채로 살아야만 하느냐는 문제를 꺼내드는, 그야말로 긁어 부스럼만 만드는 행동이었기 때문이다. 하지만 대부분의 기혼 여성들이 1년이나 2년에 한 번 마치 잠적이라도 하듯 집에 틀어박혀 있다가, 수개월이 지난 후 갓난아이와 함께 나타나는 과정을 되풀이하는 모습을 지켜보는건 그리 유쾌한 일이 아니었다. 그것도 죽거나 폐경이 될 때까지, 열두 번씩이나 말이다. 이런 흔한 광경과 달리 엄마가 나보다 훨씬 나이 많은 오빠 둘만 낳고 한참 후에야 늦둥이로 나를 낳았다는 사실은 소위 논리적 합리주의자인 신사 목사와, 본데 있게 자란, 교양미 넘치는 그의 아내가 보기에는 더욱더 수치스러운 일이었던 듯하다.

다시 자전거로 키네포드를 돌며 이번에는 여관, 대장간, 담배 가게, 선술집 등 소위 '정숙한' 여인들이 좀처럼 발을 들이지 않는 장소에 들러 수소문을 했다. 아니나 다를까, 그러자 이번에는 그곳 사람들이 눈썹을 치켜올리며 머리를 맞대고 나에 대해 수군거렸다.

엄마에 대해 알아낸 건 하나도 없었다.

슬픈 마음을 추스르며 갖은 미소와 예의 바른 태도로 사람들을 대했지만, 펜델로 돌아왔을 때 나를 맞이한 건 엄마의 실종이 마치 흥미로운 가십거리라도 되는 양 웅성대는 사람들의 추측과 소문뿐이었다.

"아무도 엄마를 못 봤대요," 질문하는 듯한 눈초리로 흘낏 쳐다보는 레인 부인의 모습을 보며 내가 말했다. "엄마가 어디 있을지 다들 짐작조차 못 해요."

티타임 때가 거의 다 되어가는데 레인 부인은 내게 점심 권하는 것도 잊은 채, 위층에 있는 엄마의 두 칸짜리 방으로 올라가 방문 바깥쪽에 서서는 생각에 잠겼다. 통상 엄마는 문을 잠가두었다. 아마도 레인 씨 부부가 집안의 유일한 하인들이었기 때문에 레인 부인의 수고를 덜어주기 위해 엄마가 손수 자신의 방을 청소하려고 했던 듯하다. 엄마는 거의 아무도 방에 들이지 않았다. 하지만 상황이 상황이니만큼……

나는 엄마 방에 들어가보기로 했다.

결국 레인 씨에게 열쇠를 찾아달라고 할 게 불 보듯 뻔했지만 문손잡이에 손을 올려놓아봤다.

그런데, 앗! 손잡이가 돌아가는 게 아닌가?

뜻밖에도 방문이 열렸다.

그 순간 나는 — 비록 이전에 알아채진 못했지만 — 모든 것이 변해 있다는 것을 깨달았다.

엄마의 고요한 거실을 찬찬히 둘러보고 있자니 마치 교회에서 예배라도 드리듯 경건한 기분이 들었다. 사실 나는 자라면서 아빠가 읽던 논리에 관한 책과 맬서스(Malthus, 애덤 스미스의 저술을 계승 발전시키고 경제 법칙을 도출하는 일을 과업으로 삼은 영국의 정치경제학자-역주), 다윈을 읽었으며, 이런 영향으로 부모님처럼 이성적이고 과학적인 관점을 지니게 되었다. 하지만 엄마의 방에 있으려니 방 분위기에 휩쓸려 무언가를 믿고 싶은 기분이 들었다. 가령, 정신 또는 영혼?

엄마는 이 방을 예술의 혼이 깃든 성역으로 만들었다. 응접실에 있는 어두운 색의 커다란 마호가니(가구 제작에 쓰이는 적갈색이 나는 열대산 나무의 목재-역주)와는 달리, 방 안에는 대나무 모양처럼 조각한 가느다란 단풍나무 목재 집기들이 보였다. 그 집기들 위로는 빛을

들이려고 걷어 올린 일본식 연꽃 모양의 실크 천 조각
이 창문을 장식하고 있었다. 아래층의 나무 바닥과 벽
은 하나같이 번지르르하게 니스 칠이 되어 있었고, 창
문은 짜임이 튼튼한 무거운 모직물 천으로 가려져 있
었으며, 벽에는 조상들의 엄숙한 유채 초상화가 빤히
쳐다보고 있었다. 하지만 이곳 엄마의 영역에는 나무
가 하얀색으로 칠해져 있었고, 파스텔 톤의 벽에는 백
여 점의 섬세한 수채화가 걸려 있었다. 꽃에 대한 엄마
의 경쾌하고 애정 어린 상세한 연출이 돋보이는 그림
들은 편지지보다 작은 크기로 그 가장자리에 가벼운
틀이 씌어 있었다.

순간, 엄마가 지금 이 방에 있는 것처럼 느껴졌다. 방
밖을 벗어난 적 없이 줄곧 엄마가 여기에 있었던 것 같
은 착각이 들었다.

그렇다면 얼마나 좋을까?

마치 엄마를 방해하지 않으려는 듯, 나는 발끝으로
살금살금 걸어서 엄마의 작업실이 있는 다음 방으로
갔다. 작업실은 빛이 잘 들어오는 통유리 창문이 달려
있고, 바닥이 청소하기 편한 떡갈나무로 된 곳이었다.
이젤과 기울어진 미술용 탁자, 종이와 재료를 놓아둔
선반을 유심히 살피면서 나무 상자를 흘끗 보고 나는
이내 눈살을 찌푸렸다.

엄마는 수채화 물감 용구를 들고 가지 않았다.

내가 예상했던 건…….

아, 이렇게 어리석다니! 제일 먼저 이 방을 봤어야 했다. 엄마는 꽃을 연구하려고 나간 게 아니었다. 엄마는 사라졌던 것이다. 어디로, 어떤 이유에서 나갔는지도 모르는 엄마를 나는 대체 무슨 수로 혼자 찾으려고 했던 걸까? 그야말로 난 멍텅구리였다.

한층 더 무거워진 발걸음으로 다음 문을 지나 엄마의 침실로 들어갔다.

순간 나는 흠칫 놀라 멈춰 섰다. 놀라운 게 한두 가지가 아니었다. 우선, 가장 먼저 눈에 들어온 건 엄마의 빛나는 현대식 황동 침대 상태였다. 침대가 정돈되어 있지 않았다. 매일 아침 나는 엄마의 등쌀에 못 이겨 침대를 정돈하고 아침 식사를 하자마자 방을 치웠다. 분명히 엄마는 뒤틀린 리넨 침대 시트, 삐뚜름한 베개, 페르시아 양탄자 위로 미끄러지듯 나뒹구는 솜털 이불을 그대로 놓아둔 채 나갔을 리가 없다.

게다가 엄마의 옷은 옷장에 제대로 걸려 있지도 않았다. 엄마의 갈색 트위드 워킹 슈트는 화장대 맨 윗부분에 아무렇게나 걸쳐 있었다.

엄마의 워킹 슈트는 끈으로 끌어 올릴 수 있는 치마가 달려 있어 그 안에 페티코트(옷의 실루엣을 아름답게 보

33

이기 위해 소재 선택이나 디자인, 색채 등이 다양한 여성용 속치마－역주)가 젖거나 더러워질 때까지 편하게 입고 다니다가 행여 남자라도 나타나면 얼른 치마를 후루룩 내려 가릴 수 있게 만든 일상복이었다. 비록 최신 유행의 아주 실용적인 옷까지는 아니어도, 이런 옷을 이렇게 내팽개치고 나가다니 대체 엄마는 뭘 입고 나간 걸까?

창문을 통해 벨벳 휘장을 가르고 빛이 잘 들어오도록 옷장 문을 활짝 연 나는 그 안에 뒤죽박죽 섞여 있는 옷가지를 들여다보려고 애쓰며 서 있었다. 옷장 안에는 양모, 소모사, 모슬린(속이 거의 다 비치는 고운 면직물－역주), 면뿐 아니라 다마스크직(보통 실크나 리넨으로 양면에 무늬가 드러나게 짠 두꺼운 직물－역주), 실크, 명주, 벨벳으로 만든 옷 등이 들어 있었다. 엄마는 대단히 자유로운 사상가였고, 개성 넘치는 여성이었으며, 여성 참정권 지지자이자 러스킨(영국의 비평가이자 사회사상가－역주)이 주장한 부드럽고 헐거운 탐미주의 가운을 포함한 의상 개혁의 옹호자였다. 하지만 이와 함께 좋든 싫든 엄마에게는 대지주의 미망인으로서 따라야 할 규범이 있었다. 그래서 옷장 안에는 (가벼운 산책용) 워킹 의상과 '일상용 의상'뿐 아니라 공식적인 외부 방문을 위한 옷, 목 부분이 깊이 파인 약식 야회복, 야회용 여성 외투, 무도회용 드레스 등도 빠짐없이 한 자리를 차지하고 있었다. 엄마가 여러 해 입었던 빛바랜 자주색 옷도 바로 눈에 띄었다. 엄마는 유행을 따지지 않았다. 그래서 옷을 버리는 법이 없었다. 그 옷들 중에는 아버지가 돌아가신 후 몇 년 동안 입었던 검은 '미망인 상복'도 있었다. 엄마가 여우사냥을 할 때 입던 청동빛 녹색 승마복도 보였다. 주로 시내에서 입는, 바닥을 쓸고 다닐 정도로 긴 회색 망토도 보였다. 털외투, 새틴 누비 재킷, 페이즐리(직물 도안에 쓰이는, 깃털이 휘어진 모양의 무늬—역주) 치마, 여러 장의 블라우스도 보였다⋯⋯ 연보라색, 고동색, 회색빛 도는 파란색, 옅은 자주색, 올리브색, 검은색, 황색, 갈색 등 셀 수 없이 많았다. 저 많은 옷 중 없어진 옷은 대체 뭔지, 엄마는 어떤 옷을 입고 나간 건지 통 알 수가 없었다.

옷장 문을 닫으며 어찌할 줄 모른 채 서서 나는 다시금 마음을 추슬렀다.

방은 전반적으로 어수선했다. 방에는 일일이 나열하기 민망한 다른 옷들과 함께 꽉 끼는 '스테이스(지지대로 뼈를 넣은 코르셋—역주)' 같은 속옷들이 대리석 세면대 위에 버젓이 놓여 있었고, 서랍장 위에는 하얀색 말털이 잔뜩 든 쿠션과 같은 특이한 물건도 놓여 있었다. 나는 엄마 방을 나오면서 용도를 알 수 없는 이 요상하면서도 푹신푹신한 감촉의 쿠션 같은 물건을 가지고 나왔다.

아래층 복도를 지나다 집안의 목조 구간을 윤이 나도록 닦고 있는 레인 씨와 맞닥뜨렸다. 나는 내가 찾은 물건을 레인 씨에게 보여주면서 물었다. "레인, 이게 뭐죠?"

그는 집사로서 무표정을 유지하느라 안간힘을 썼지만 대답할 때 약간 말을 더듬거렸다. "이건, 음, 그러니까 옷을 교정해주는 물건이에요, 에놀라 아가씨."

옷을 교정해주는 물건?

앞쪽을 위한 건 아닌 듯하고, 뒤쪽용이 틀림없다.

세상에.

나는 거실 한가운데서, 그것도 남자 앞에서 교양 있는 여성의 허리받이 안에 입는, 치마와 주름을 떠받치는 민망한 물건을 손에 쥐고 있었던 것이다. "뭐라고요!" 얼굴이 화끈 달아오르는 것을 느끼며 내가 소리쳤다. "몰랐어요." 난 지금껏 허리받이를 입어본 적도, 본 적도 없었다. "제가 곤란하게 해드렸군요." 하지만 갑작스레 떠오른 생각이 내 당혹스러움을 앗아가버렸다. "레인," 내가 물었다. "엄마가 어제 아침에 집을 나설 때 어떤 차림이었나요?"

"기억이 잘 안 나는데요, 아가씨."

"엄마가 짐이나 꾸러미 같은 것을 가지고 있었던가요?"

"아니요, 그러지 않았어요."

"지갑이나 핸드백도 없었던가요?"

"아뇨, 아가씨." 사실 엄마는 좀처럼 뭘 들고 다니는 법이 없었다. "나가실 때 뭔가 들고 계셨다면 제가 알았을 거예요."

"혹시 엄마가 입고 있던 옷이……." 남자와 대화를 할 때 허리받이라는 단어를 썼다간 자칫 분위기가 난처해질 수 있다. "길게 끌리는 옷이던가요? 허리 받침대가 있는 옷이던가요?"

음, 만약 그랬다면 정말 엄마답지 않다.

하지만 레인 씨는 기억을 되짚어보더니 고개를 가로저었다. "정확하게 어떤 옷을 입고 계셨는지는 기억나지 않아요, 에놀라 아가씨. 하지만 터키색 반코트를 입고 계셨던 건 기억이 납니다."

그런 종류의 반코트라면 안에 허리받이를 착용하기 충분히 적합하다.

"춤 높은 회색 모자도 기억이 납니다."

나는 그 모자를 알고 있다. 화분을 거꾸로 한 모양을 닮은, 겉보기에 군인 모자 같다는 뜻에서 서민들은 이 모자를 때때로 '지상 3층, 지하 1층 건물'이라고 불렀다.

"그리고 산보용 우산을 들고 가셨던 것도 기억납니다."

그렇지. 길고 검은 그 우산은 신사용 지팡이처럼 강

한 재질이라 지팡이로 쓰기에 적당했다.

엄마가 신사용 우산들 들고 신사용 모자 같은 것을 쓴 채, 추파를 던지는 여성의 상징과 같은 허리받이를 껴입고서 쏜살같이 집을 나선 후 사라져버렸다는 사실이 얼마나 괴상망측한가?

3장

저녁 시간이 되기 전에 남자아이 하나가 오빠들에게서
온 회신을 들고 왔다.

처설리아에서 첫 새벽 기차를 탈 것. 역에서 만나자.
M&S 홈즈.

기차역에서 가장 가까운 마을인 처설리아는 키네포드
에서 10마일 떨어진 곳에 있었다. 오빠들 말대로 새벽
기차를 타려면 날이 밝기 전에 출발해야 했다.

　나는 준비를 해두려고 그날 저녁에 목욕을 했다. 목
욕은 참 성가신 일이다. 우선 침대 밑에서 큰 물통을
끌어내 난로 앞에 가져다놓은 다음, 위층에서 양동이
로 여러 번 물을 담아 통에 붓고, 또 주전자에 끓인 물

39

을 다시 통에 부어 물을 따뜻하게 데워야 한다. 당연히 레인 부인한테서 맘 편히 도움을 받기란 어려운 일이 있다. 이런 한여름에 침실에 불을 피워야 했기 때문이다. 아니나 다를까 레인 부인은 그 일을 하는 내내 '이런 눅눅한 날씨에 목욕하는 사람은 아무도 없을 것'이라며 불쏘시개는 물론 석탄 조각, 심지어 불꽃에다가지 대고 투덜거렸다. 나는 머리도 감고 싶었는데 이 역시 레인 부인의 도움 없이는 할 수 없는 일이었다. 그러면 또 레인 부인은 갑자기 팔에 관절염이라도 도진 듯 이번에는 자신이 데우고 있는 수건에다 대고 투덜거렸다. "겨우 3주 만에 팔이 또 이렇게 아프네. 날씨도 꾸물꾸물 칙칙하니 어중간하고……."

나는 목욕 후 침대로 직행했고, 레인 부인은 여전히 중얼거리면서 내 침대 아래에 뜨거운 물을 채운 물병들을 내려놓았다.

아침에 일어나서 머리에 윤이 나도록 빗질을 한 백 번쯤 하고는, 머리를 뒤로 넘겨 드레스와 어울리는 하얀색 리본으로 묶었다. 보통 상류층 소녀들은 하얀색 옷을 입어야 한다. 그런데 그러다 보면 얼룩이 죄다 드러나기 십상이다. 그래서 나는 가장 때가 덜 묻는 신상 드레스를 입는다. 그리고 그 안에 매우 근사한 하얀색 레이스 판탈레츠(19세기의 헐렁한 여성용 긴 속바지 - 역주)를 입고, 레인 부인이 막 윤을 낸 검은 부츠에 전통적인 검은 스타킹도 신는다.

이른 시간에 이렇게나 많이 챙겨 입느라 나는 아침먹을 시간도 없었다. 아침에는 매우 쌀쌀했으므로 복도 선반에서 숄을 잡아채 걸치고는 약속 시간에 늦지 않기 위해 자전거를 타고 열심히 페달을 굴렸다.

자전거를 타고 가면 내가 무슨 생각을 하는지 다른 사람에게 얼굴 표정을 들킬 염려가 없다는 이점도 있었다.

왠지 안심이 되었다. 하지만 키네포드를 쏜살같이 지나 처설리아 웨이로 접어들 때쯤, 문득 최근에 일어난 일들을 떠올리자니, 마음이 그리 편치만은 않았다.

엄마에게 대체 무슨 일이 일어난 건지 알 수 없는 노릇이었다.

그 생각을 떨쳐버리려고 애쓰면서 나는 기차역을 찾느라 헤매지는 않을지, 또 거기서 오빠들을 찾는 데 어려움은 없을지 따져보았다.

그런데 왜 엄마는 오빠들 이름을 '마이크로프트'와 '셜록'이라고 지었을까? 이름을 거꾸로 해봤자 Tforcym 과 Kcolrehs라는 이상한 철자만 만들어질 뿐인데.

나는 여전히 엄마가 괜찮은지 궁금했다.

하지만 지금은 그보다 마이크로프트와 셜록 오빠를

생각할 때다.

기차역에서 내가 오빠들을 알아볼 수 있을지도 궁금했다. 네 살 때 아빠의 장례식에서 본 이후로 처음이니까. 오빠들에 대해 기억하는 것이라고는, 검은색 크레이프(작은 주름이나 선이 두드러져 있어 표면이 오돌토돌한, 얇고 가벼운 직물-역주)로 장식한 정장 모자에 검은색 프록코트(남자들이 입던 긴 코트-역주)를 입고, 검은색 장갑과 검은색 완장 그리고 빛나는 검은색 에나멜 가죽부츠를 착용한 사내들의 키가 꽤 커 보였다는 게 전부다.

신나게 떠들어대던 마을 아이들 말마따나 아빠가 정말 내 존재가 수치스러워 이 세상을 떠난 건 아닌지 의구심이 들었다. 아니면 엄마 말대로 아빠가 고열과 흉막염으로 돌아가신 게 정말 맞는지도.

십 년이 지난 지금, 과연 오빠들이 나를 알아볼지도 궁금했다.

오빠들이 왜 엄마와 나를 찾지 않았는지, 그리고 우리가 왜 오빠들을 찾지 않았는지, 나는 물론 그 이유를 알고 있다. 그건 내 출생이 가족들에게 안겨준 불명예 탓이었다. 게다가 오빠들은 우리와 연락하고 지낼 만큼 그리 여유를 부릴 형편이 아니었다. 마이크로프트는 런던에서 정부 관리로 일하는, 그야말로 영향력 있는 인물로 눈코 뜰 새 없이 바쁜 사람이고, 셜록은 친구이자 하숙생 동기인 존 왓슨 박사가 오빠를 대상으로 『주홍색 연구A Study in Scarlet』라는 책을 쓸 정도로 매우 저명한 탐정이었다. 엄마도 그 책을 산 적이 있다…….

아, 엄마에 대해서는 생각하지 않기로 했지.

여하튼 우리는 둘 다 그 책을 읽었다. 그때 이후로 나는 거대한 항구도시이자, 군주제의 전당이자, 상류 사회의 중추인 런던에 대해 꿈꿔왔다. 하지만 왓슨 박사에 따르면, 런던은 '대영 제국의 모든 놈팡이와 게으름뱅이들이 한가득 죽치고 있는 거대한 소굴'이었다. 내가 가장 좋아하는 또 다른 책인 『검은 말 뷰티Black Beauty』에 따르면, 런던은 흰색 나비넥타이를 맨 남성들과 다이아몬드로 휘감은 여성들이 오페라를 즐기는 동안, 거리에서 삶에 찌들어 감정마저 메말라버린 마부들이 말이 지칠 때까지 몰아대는 곳이었다. 또 런던은 학자들이 대영 박물관에서 책을 읽는 동안, 군중이 공연장에 매료되어 모여드는 곳이었다. 런던은 일부 저명인사들이 집회에서 고인의 혼령들과 이야기를 나누는가 하면, 또 다른 저명인사들이 어떻게 심령술사가 공중 부양으로 창문 밖으로 나가 대기 중인 마차에 오를 수 있는지 과학적으로 규명하려고 진땀을 빼는 곳이었다.

런던에서는 돈 한 푼 없는 소년들이 학교라고는 가 본 적도 없이 거리에서 누더기를 입고 제멋대로 자라고 있었다. 런던에서는 — 나도 이게 무슨 얘긴지 명확히 아는 바는 없지만 — 범죄자들이 한밤중에 돌아다니는 여성을 죽이고 그들의 아이들을 노예로 팔아넘기기 위해 데려가기도 했다. 런던에는 왕족도 있고, 살인자도 있었다. 음악의 거장, 예술의 거장도 있었으며, 아이들을 유괴해 죄악의 소굴에서 노동을 시키는 범죄의 거장도 있었다. 이 또한 무슨 얘긴지 나로선 명확히 아는 바가 없었다. 하지만 셜록 오빠는 때때로 왕족에게 고용되어 죄악의 소굴로 들어가 폭력배와 도둑 그리고 범죄의 황태자들과 대결을 펼쳤다. 셜록 오빠는 그야말로 영웅이었다.

나는 왓슨 박사가 나열한 오빠의 업적 목록을 떠올려보았다. 오빠는 학자이자, 화학자이자, 최고의 바이올린 연주자이자, 사격의 명수이자, 검술사이자, 권투선수이자, 명석한 추론적 사상가였다.

그래서 나도 내가 떠올려볼 수 있는 나만의 업적 목록을 만들어보았다. 나는 읽을 수 있고, 쓸 줄 알고, 산수를 할 수 있다. 새 둥지도 찾을 수 있고, 지렁이도 파낼 수 있으며, 고기도 잡을 수 있다. 아, 맞다, 그리고, 나는 자전거도 탈 수 있다.

오빠와 비교하자니 꽤나 울적한 기분이 들었다. 하지만 때마침 처설리아에 도착한 터라, 이내 다른 생각은 멈추고 길에 주의를 집중했다.

자갈길을 지나다니는 위압적인 군중에 다소 기가 꺾인 나는 키네포드의 먼지투성이 좁은 길에서 낯선 사람들과 차량들 사이를 누비듯 나아가야 했다. 그렇게 수레를 끌고 다니며 과일을 파는 남자들, 사탕 바구니를 이고 행상을 다니는 여자들, 유모차를 끌고 가는 유모들 사이를 뚫고 지나갔다. 어마어마하게 많은 우마차들 사이도 지나갔다. 사륜 대형마차, 이륜 경마차, 사륜 우마차, 석탄차, 재목 운반차, 여객열차, 그리고 심지어 사륜마차에 버금가는 옴니버스 승합마차(많은 승객을 태우고 정해진 루트를 달리는 승합마차—역주)에 치이지 않으려고 애쓰며 걷고 있는 엄청난 수의 보행자들 틈도 지나쳤다. 대체 난 이런 난장판 속에서 어떻게 기차역을 찾아갈 수 있을 것인가?

그런데 잠깐. 뭔가가 눈에 들어왔다. 마치 여자용 모자 위에 달린 타조 털 장식처럼, 하얀색 깃털 장식 같은 게 지붕 위, 잿빛 하늘로 올라가고 있었다. 바로 증기 기관차가 내뿜는 연기였다.

그 연기를 향해 자전거를 굴리는데 갑자기 어딘가에서 으르렁거리는 소리, 비명을 지르는 소리, 철커덕거리는 소리가 들려왔다. 기관차가 들어오는 소리였다. 기관차가 도달할 무렵, 때마침 나도 플랫폼에 도착했다.

몇 안 되는 승객이 내리는 가운데, 오빠들로 짐작되는, 키가 큰 두 명의 런던 남자를 알아보는 일은 딱히 어렵지 않았다. 오빠들은 옷 가장자리 둘레로 장식용 수술이 달린 트위드 정장(간간이 다른 색깔의 올이 섞여 있는 두꺼운 모직 천으로 만든 정장-역주)에 중절모를 쓴 신사용 복장을 하고는 부드러운 넥타이를 매고 있었다. 또 산양 가죽장갑을 끼고 있었는데 오직 상류층만이 이런 한여름에도 장갑을 꼈다. 오빠 중 한 명은 덩치가 좀 있어 실크 조끼가 꽉 껴 보였다. 작은오빠와 일곱 살 터울인 마이크로프트 오빠인 듯했다. 셜록 오빠는 짙은 회색 의상에 검은색 부츠를 신고 있었는데 갈퀴(마른 풀이나 나뭇잎 따위를 긁어모으는 데 쓰는 기구로, 자른 나무의 가지를 손잡이에 수직으로 댄 도구-역주)처럼 꼿꼿한 자세에 그레이하운드(날렵하게 생긴 아주 빠른 개-역주)처럼 군살 없는 호리호리한 몸매를 지니고 있었다.

오빠들은 지팡이를 흔들며 뭔가를 찾는 듯 이리저리 고개를 돌려댔지만 정작 나는 보지 못한 채 그냥 지나쳤다.

그러는 사이 플랫폼에 있는 사람들은 너나 할 것 없이 오빠들을 슬쩍 훔쳐봤다.

나는 자전거에서 폴짝 뛰어내렸다. 성가시게도 괜히 몸이 오들오들 떨려왔다. 그 와중에 빌어먹을 내 조잡한 속바지들에서 흘러내린 가느다란 끈 하나가 내 왼쪽 부츠 위에서 달랑거리고 있었다. 자전거 체인에 걸려 떨어져 나간 모양이었다.

얼른 끈을 집어 올린다는 게 엎친 데 덮친 격으로 숄까지 떨어뜨렸다.

'앗, 이러려던 게 아닌데.' 나는 숨을 깊이 들이마신 다음 자전거 위에 숄을 걸쳐두고, 벽에 자전거를 기대놓은 후, 비록 고개를 뻣뻣이 쳐들지 못해 꾸부정한 자세이긴 했지만, 곧장 두 런던 남자에게로 다가갔다.

"홈즈 씨?" 내가 물었다. "그리고…… 음, 또 다른 홈즈 씨?"

두 쌍의 날카로운 잿빛 눈길이 내게 고정되는가 싶더니 동시에 두 쌍의 귀족스러운 눈썹도 살짝 올라가는 게 보였다.

내가 말했다. "……제게 여기서 만나자던 분들이 맞으시죠?"

"에놀라?" 그들이 동시에 소리쳤다. 그리고 한 사람씩 번갈아가며 말했다.

"여기서 왜 이러고 있어? 왜 마차를 타고 오지 않았니?"

"우리가 에놀라를 못 알아보다니…… 딱 너처럼 생겼

네, 셜록." 그렇다면 키가 더 크고 호리호리한 쪽이 정말로 셜록이 맞았다. 나는 그의 깡마른 얼굴과 매의 눈, 그리고 크고 뾰족한 코가 좋았다. 하지만 여자인 내게 그와 닮았다는 말이 별로 달갑지는 않았다.

"거리의 부랑아인 줄 알았네."

"자전거를 타고 온 거니?"

"왜 자전거를 타고 왔어? 마차는 어디에 뒀니, 에놀라?"

나는 눈만 깜박거리고 있었다. 마차? 차고에 랜도마차(지붕을 덮은 포장이 앞뒤로 나뉘어 접히게 되어 있는 사륜마차-역주)와 사륜 쌍두마차가 있긴 했지만, 수년 동안 우리 집에는 말이 없었다. 엄마의 오랜 사냥꾼과 같던 말이 더 푸른 목초지를 찾아 달아나버린 후로 우리 집에 말이라고는 단 한 마리도 없었다.

"빌려볼 수는 있었겠죠, 아마도." 내가 천천히 입을 열었다. "하지만 말에 마구를 채우거나 말을 모는 방법은 잘 몰라요."

덩치 큰 마이크로프트 오빠가 소리쳤다. "그럼 우리가 왜 마구간지기와 하인들에게 돈을 지불하는 건데?"

"네?"

"지금 말이 한 마리도 없다는 소리니?"

"나중에 얘기하는 게 좋겠어, 마이크로프트!"

셜록은 온화하고 권위 있는 말투로 근처에서 어정

거리던 소년을 불렀다. "가서 사륜마차를 좀 빌려오렴."
그가 소년에게 동전을 던져주자, 소년이 인사의 표시로
모자에 가볍게 손을 대고는 냅다 달려갔다.

"안에 들어가서 기다리는 편이 좋겠어." 마이크로프
트가 말했다. "바깥에서 이러고 있으니 바람 때문에 에
놀라 머리카락이 점점 갈까마귀 둥지 같아 보이는걸.
모자는 어쨌니, 에놀라?"

아무리 내가 가족의 굴욕이라고는 하나, 적어도 내
가 먼저 "안녕하세요."라고 하면 오빠들이 "다시 만나
서 반갑구나, 내 동생." 하며 악수를 청하거나 인사를
나누는 게 순리 아니던가. 우리 만남에서 그런 뻔한 인
사치레조차 아예 쏙 빠져 있었다. 나는 그제야 오빠들
이 '역에서 만나자'고 한 뜻이 내 지난 이야기를 찬찬히
들어보려는 의도가 아니라, 그저 이동수단을 정하려는
의도였다는 걸 깨달았다.

그래, 어차피 말도 못 하고 멍청하게 서 있으니, 오빠
들과 대화하는 기쁨을 바라지 않는 편이 나았다.

"장갑은 또 어쨌니?" 역으로 가면서 셜록이 내 팔을
붙들고는 꾸짖었다. "품위 있고 점잖은 옷은 하나도 없
는 거니? 넌 이제 숙녀란다, 에놀라." 셜록의 꾸지람에
나도 모르게 이 말이 톡 튀어나왔다. "전 겨우 열네 살
인걸요."

마이크로프트가 당황한 듯 안타까운 말투로 중얼거렸다. "재봉사에게 내가 계속 돈을 지불해왔는데……."
셜록이 무뚝뚝한 황제라도 되는 듯한 어조로 말했다. "열두 살 이후로는 긴 치마를 입었어야지. 네 엄마는 대체 무슨 생각을 하고 계신거니? 하기야 어머니는 이제 완전히 서프러지스트(Suffragist, 1860년대부터 시작된 여성 참정권 운동에 참여한 사람들로 국회의 선거법 개정 요구나 평등법안 입법 요구 등 정치적 활동을 통해 여성들의 권리를 향상시키고자 노력함 — 역주)가 되어 떠나버리신 듯싶구나."

"엄마가 어디로 갔는지는 저도 잘 모르겠어요." 이 말을 한 직후 나도 모르게 눈물을 터뜨리고 말았다. 지금까지 참았던 눈물이 봇물 터지듯 터져버린 것이다.

내 자전거를 매달고 키네포드를 향해 흔들거리며 굴러가는 사륜마차에 몸을 실을 때까지도, 우리는 엄마에 대한 자세한 이야기는 나누지 않았다. "오빠 둘이서 배려 없는 짐승처럼 굴었나 보군." 셜록이 마이크로프트를 향해 말하며 코 푸는 용도치고는 부담스럽게 격식을 차린 커다란 손수건을 내게 내밀었다. 분명히 오빠들은 내가 엄마 때문에 울었다고 여기는 듯했다. 하지만 솔직히 말해 엄마도 엄마지만 나는 나 자신 때문에 울었다.

에놀라Enola.

그 이름대로 혼자서Alone.

내 맞은편으로 오빠들이 어깨를 나란히 하고 앉아 있었다. 얼굴을 내 쪽으로 향하고는 있었지만 그들은 내가 아닌 다른 것들을 바라보고 있었다. 솔직히 나랑 함께 있는 게 민망한 눈치였다. 나는 기차역을 떠난 지 몇 분 내에 훌쩍거리는 코를 진정시켰지만, 딱히 할 말이 생각나지 않았다. 여느 때라면 아름다운 자연을 손으로 가리켜대며 재잘거렸을지도 모를 일이지만, 작은 창문 하나에 바퀴 달린 상자나 다름없는 사륜마차를 타고 마주 앉아 있는 상황에서 서로 대화할 분위기도 아니었기에 입은 더욱 떨어지지 않았다.

"에놀라," 잠시 후 마이크로프트가 무뚝뚝하게 물었다. "좀 괜찮아졌으면 대체 무슨 일이 일어난 건지 말해주겠니?"

내가 얘기를 하긴 했지만 오빠들이 이미 알고 있는 내용에 보탤 만한 건 거의 없었다. 엄마는 화요일 아침 일찍 집을 나갔고, 그 이후로 돌아오지 않았다. 내게 어떤 메모나 설명도 남기지 않았다. 혹 병에 걸렸을지도 모른다고 여길 만한 어떤 근거도 없었다. 엄마의 건강 상태는 최고였기 때문이다. 아무도 엄마에 대한 소식을 듣지 못했다. 셜록의 질문에 답하면서 생각해보니 핏자국도, 발자국도, 누군가가 무단 침입한 흔적도 없

었을뿐더러 남의 눈을 피해 다니는 낯선 사람을 본 적
도 없었다. 하다못해 몸값을 요구하는 사람도 없었다.
하지만 설령 엄마에게 적이 있다 한들 내가 알 방법은
없었다. 물론 나는 키네포드 경찰서에 엄마의 실종신
고를 냈다.

"저기 보이네," 펀델 공원으로 들어설 무렵 사륜마차
의 창문 밖을 내다보기 위해 앞으로 몸을 굽히고 있던
셜록이 말했다. "할 일 없이 수풀이나 뒤적이며 어슬렁
거리는 자들뿐이군."

"저러다가 산사나무 아래에 피신해 있는 어머니라도
발견할 줄 아나 보지?" 정면의 시야가 막히자 자신도
바깥을 내다보려고 앞으로 몸을 숙이던 마이크로프트
가 툴툴거리며 말했다. "아니, 이건 또 뭐야. 대체 땅에
다 무슨 짓을 해놓은 거지?" 모자 가장자리 아래로 드
러난 두툼한 그의 눈썹이 불쑥 치켜 올라갔다.

깜짝 놀란 내가 발끈하며 말했다. "아무것도 아니에요!"

"수년 동안 분명히 아무 짓도 안 했는걸요. 그저 수풀
이 많이 자란 것뿐이라고요……."

"흥미로운 일이군." 셜록이 중얼거렸다.

"원시림이 따로 없군!" 마이크로프트가 내 말에 토를
달았다. "풀도 30센티미터나 자란 상태에다 어린 풀까
지 막 생겨나고 있고, 가시 금작화에 검은 딸기나무 관

목까지……."

"그 꽃들은 야생 장미예요." 나는 야생 장미가 좋았다.

"앞 잔디밭에는 무얼 심어야 할지 답도 안 나오는 군…… 도대체 정원사는 이런 실력으로 어떻게 벌어먹고 사는 거지?"

"정원사요? 정원사 같은 건 없는데요."

마이크로프트가 매처럼 몸을 굽힌 상태에서 나를 향해 말했다. "아니, 그럴 리 없는데, 분명히 정원사 맞아! 러글이라고 하는 정원사에게 지난 십 년 동안 내가 매주 12실링씩 지급해왔다고!"

마이크로프트의 말에 놀란 나는 벌어진 입을 다물 길이 없었다. 어떻게 오빠가 우리 집에 정원사가 있다는 그런 터무니없는 망상에 빠질 수 있는 거지? 나는 러글이란 사람에 대해 들어본 적도 없었다. 게다가 오빠에게서 돈이 오고 있다는 사실도 전혀 모르고 있었다. 우리 집 계단 난간과 샹들리에 그리고 다른 가구들처럼, 당연히 돈도 원래부터 우리 집에 있던 것이라고만 여겼을 뿐이다.

셜록이 끼어들었다. "형, 그런 사람이 있었다면 에놀라가 잘 알겠지."

"흥, 얘가 전혀 몰랐다잖아……." 이번에는 셜록이 마이크로프트에 대한 핀잔까지 섞어가며 내 편을 들었다.

"에놀라, 신경 쓰지 마. 형은 평소 자신의 영향권인 자기 방이나 사무실, 디오게네스 클럽(Diogenes Club, '셜록 홈즈' 시리즈에서 마이크로프트 홈즈가 사치를 멀리하고 검소하게 생활하며 사회의 법과 관습에 메이지 않고 자신의 명령만 따르며 단순한 생활을 하던 그리스 철학자 이름을 따서 창립한 클럽으로, 사람 만나는 일을 싫어하고 자기만의 시간을 갖기 원하는 사람들끼리의 모임-역주)에서 벗어날 때는 영유머가 꽝이란 말이야." 이런 셜록의 말 따위는 무시한 채 마이크로프트가 내 쪽으로 몸을 숙이며 다그쳐 물었다. "에놀라, 정말 말도, 조련사도, 마구간지기도 전혀 없는 거야?"

"아니요. 제 말은, 네, 없어요." 정말로 아무도 없었다.

"그러니까, 어느 쪽이라는 거야? 없어? 있어?"

"형," 셜록이 끼어들었다. "겉보기에 다 자란 것 같아도 알다시피 에놀라는 아직 어린애에 불과해. 그 작은 머리로 많은 걸 생각하기에는 아직 너무 버거워. 에놀라가 좀 쉬도록 두자고. 어차피 곧 스스로 알게 될 텐데 굳이 혼란스럽고 속상하게 해봐야 무슨 소용이야."

그러는 동안 어느새 사륜마차는 펀델 홀 앞에 멈춰 섰다.

4장

오빠들과 함께 엄마 방에 들어갔더니, 티 테이블 위에 일본 꽃병이 놓여 있는 게 보였다. 꽃병 안에 꽂혀 있는 꽃들은 잎이 갈색으로 변해가고 있었다. 엄마는 실종되기 하루나 이틀 전에 꽃다발을 정리한 게 틀림없었다.

나는 꽃병을 집어 들어 가슴에 꼭 껴안았다.

셜록 홈즈가 내 앞을 재빨리 지나갔다. 셜록 오빠는 레인 씨의 환대도 무시하고, 차를 마시라는 레인 부인의 권유도 거절한 채, 수사가 시작되기 전까지 단 한 순간도 멈추지 않았다. 오빠는 엄마의 수많은 꽃 수채화가 있는, 통풍이 잘 되는 환한 거실을 흘끗 보고는 성큼성큼 걸어서 작업실을 지나 침실로 향했다. 바로 그때 셜록의 외마디 외침이 들려왔다.

"무슨 일이야, 셜록?" 지팡이와 모자, 장갑을 레인 씨에게 맡기고 그와 잠깐 대화를 나눈 뒤 천천히 집안을 거닐고 있던 마이크로프트가 소리쳤다.

"이럴 수가!" 침실에서 셜록의 외침이 들려왔다. 좋게 말해 난장판이고, 꼬집어 말해 그 민망한 광경을 봤을 것이다. "망측하군!" 그럼 그렇지, 그 광경을 본 게 분명했다. 침실에서 성큼성큼 걸어 나온 그는 작업실로 다시 들어갔다. "어머니가 꽤나 성급히 나가셨던 모양이군."

내가 생각하기에도 그런 것 같았다.

"아니면 아무래도 어머니가 취미에 대해 분별력이 떨어지신 듯해." 셜록이 좀 더 침착한 목소리로 덧붙였다. "어쨌든 어머니도 예순네 살이나 됐으니."

내가 안고 있던 꽃병의 고인 물과 썩은 줄기에서 언제부터인지 악취가 솔솔 풍겨왔다. 생생했을 때는 분명 근사한 향이 났을 텐데. 쪼글쪼글해진 이 꽃들이 한때 싱그러운 스위트피(sweet peas, 옅은 색의 향기 좋은 꽃이 피는 콩과의 원예 식물-역주)였던 모습이 떠올랐다.

그리고 엉겅퀴도 떠올랐다.

"스위트피와 엉겅퀴?" 나도 모르게 큰 목소리가 튀어나왔다. "너무 괴상망측하잖아."

두 남자가 다소 짜증 섞인 눈길로 나를 쳐다보았다.

"네 엄마는 예전에도 괴상망측했어." 셜록이 퉁명스럽게 내뱉었다.

이번에는 마이크로프트가 셜록에게 눈치를 주며 내 편에서 좀 더 부드럽게 말했다. "내가 보기에 어머니는 여전하신 것 같구나."

두 사람도 엄마가…… 세상을 떠났을까봐 두려워하긴 마찬가지였다.

여전히 날카로운 말투로 셜록이 말했다. "여기 침실의 어질러진 상태로 볼 때, 지금 어머니는 치매 증상으로 발전했을 수도 있어."

아무리 영웅 탐정이라지만, 그래도 그렇지, 셜록의 태도가 나를 서서히 짜증나게 하기 시작했다. 아울러 고통스럽게까지 했다. 자신의 엄마이기도 한데 어쩌면 저토록 냉담할 수 있을까?

나는 그때 알지 못했다. 전혀 알 방도가 없었다. 셜록 홈즈가 차가운 그늘과 같은 곳에서 삶을 이어가고 있었다는 사실을. 오빠는 우울증을 앓고 있었다. 가끔씩 심한 발작이 찾아올 때면 한 주 또는 그 이상을 침대에서 꼼짝도 하지 않았다.

"치매?" 마이크로프트가 물었다. "좀 더 도움이 되는 추론을 펼쳐볼 순 없겠니?"

"이를테면?"

"탐정은 너잖아. 그 예리한 렌즈를 빨리 좀 꺼내보시죠, 탐정님."

"벌써 꺼내봤지. 그렇지만 여기선 건질 게 없어."

"그럼 바깥에서는?"

"온종일 비가 내린 후인데? 어머니가 지나간 길을 알 만한 어떤 흔적도 남아 있지 않을 거야. 말썽쟁이 아줌마 같으니라고."

나는 셜록의 말과 말투에 실망을 느끼고 그 자리를 떠나, 시들어가는 꽃다발이 담긴 꽃병을 들고 부엌으로 내려갔다.

레인 부인이 수세미를 들고 바닥에 쪼그리고 앉아 있는 모습이 보였다. 그런 자세로 오크재 마룻장을 어찌나 심하게 문질러대던지 순간 레인 부인의 심리 상태가 불안한 것은 아닌가 의심이 들 정도였다.

나는 일본 꽃병 안에 든 내용물을 야채 껍질 등이 널브러져 있는 목재 오물통의 맨 위쪽에다 버렸다.

그때 넙죽 엎드린 채로 레인 부인이 바닥에 대고 말했다. "여기서 마이크로프트 씨와 셜록 씨를 다시 뵙기를 얼마나 고대했는지 몰라요."

나는 안쪽으로 물 깊이를 재는 선이 그려진 나무 싱크대 안에다 홀쭉한 모양의 녹색 꽃병을 놓고는, 물탱크에 연결된 수도꼭지에서 나오는 물을 꽃병에 받았다.

레인 부인이 계속해서 바닥에다 대고 말했다. "그렇지만 전혀 달라진 게 없는 뻔한 상황과 어리석은 싸움만 되풀이되고 있네요. 두 사람은 어머니에게 따뜻한 말 한마디 건넨 적이 없어요. 아마도 그래서 마님이 밖으로 나돌고 계신 것은 아닌지……."

레인 부인은 실제로 목이 메었다. 더는 그녀를 속상하게 하지 않기 위해 나는 아무 말도 꺼내지 않았다.

코를 훌쩍이는 동시에 마룻장을 북북 문지르면서 레인 부인이 단호하게 말했다. "두 분이 독신남인 것도 당연해요. 자업자득이죠. 두 사람은 의지가 강한 여성을 절대로 참아낼 수 없을 거예요."

그때 벨이 울렸다. 난로 위 벽을 따라 설치된 코일 전선에 연결된 수많은 벨 중 하나에서 울린 소리였다.

"지금 저건 모닝 룸(morning room, 과거 일부 대저택에서 오전에 사용되던 거실 – 역주)에서 울린 벨 소린데요. 두 분이 오찬을 들고 싶어 이 마루 먼지 구덩이 속에서 씨름하고 있는 저를 부르시나 보네요."

마침 아침을 먹지 않았던 터라 나도 오빠들과 함께 오찬을 들겠다고 했다. 아울러 나는 대체 일이 어떻게 돌아가고 있는지도 알고 싶었다. 그렇게 부엌을 떠나 모닝 룸으로 향했다.

격식에 얽매이지 않는 그 편안한 방의 자그마한 탁

자에 앉아 셜록은 파이프를 물고 마주 앉은 마이크로프트를 빤히 응시하고 있었다.

"명색이 영국 최고의 사상가들인 우리가 어떻게든 이 일을 추론해낼 수 있어야 하지 않을까?" 마이크로프트가 말했다. "그러니까…… 어머니는 완전히 집을 나가신 걸까, 아니면 돌아올 요량으로 일시적으로 나가신 걸까? 어머니 방의 어수선한 상태를 보아하니……."

"그 말은 어머니가 충동적으로 서둘러 나갔다는 뜻일까, 아니면 애초에 타고나기를 마음이 정숙하지 못하다는 뜻일까." 셜록이 끼어들었다. "하기야 노망난 게 거의 틀림없는 사람이 왜 나갔는지를 따지는 일 자체가 무슨 소용일까 싶군."

이 집에 하녀 따윈 없다는 것을 이제는 알 법도 한데 방에 들어서는 나를 흘낏 쳐다보는 두 사람의 표정을 보니, 분명 오찬을 시중들 하려라도 기대하는 눈치였다. "오찬은?" 아니나 다를까 마이크로프트가 물었다.

"누가 알겠어요." 오빠들과 함께 탁자에 앉으며 내가 대답했다. "다만 레인 부인은 지금 심리가 좀 불안한 상태예요."

"정말이에요."

나는 키 크고, 잘생기고(적어도 내게는 그랬다), 똑똑한 오빠들을 관찰했다. 나는 오빠들을 존경했다. 나는 오빠들을 좋아하고 싶었다. 내가 오빠들한테 원하는 건…….

터무니없는 소리, 에놀라. 너는 혼자서도 아주 잘할 거야. 저 두 사람은 오빠랍시고 내게 관심을 가진 적이 없잖아.

"장담하건대 어머니는 노망이 들지도, 정신이 이상해지지도 않았어." 마이크로프트가 셜록에게 말했다. "어머니가 노망이 났다면 지난 십 년간 그렇게 가계 장부를 정리해서 내게 보낼 순 없지. 그야말로 완벽하고 명확하게 정리된 내역이었거든. 심지어 욕실 설치비까지도 자세히 적혀 있었어……."

"사실 있지도 않은 항목이지." 셜록이 신랄한 목소리로 끼어들었다.

"……그리고 화장실도……."

"마찬가지야."

"……그리고 지속적으로 하인, 하녀, 식모, 파출부의 봉급을 인상했지……."

"있지도 않은 사람들의 봉급을……."

"……정원사, 정원사 보조, 임시 고용인까지……."

"마찬가지로 있지도 않은 사람들이야. 딕만 빼면 말이지."

"딕, 꽤 별난 녀석이지." 마이크로프트가 맞장구를 쳤다. 농담이었지만 두 오빠 중 누구에게서도 웃음기라곤 찾아볼 수 없었다. "어머니가 정작 실제 하인이나 다름없는 콜리건 레지날드 콜리를 비용 목록에 올리지 않았다는 게 놀라워. 상상으로 지어낸 말과 조랑말, 마차, 마부, 말 사육사, 마구간지기 등등은 모두 장부에 적어났으면서 말야……."

"우리가 한심하게도 속았다는 사실은 부인할 수 없어."

"……그리고 에놀라를 위한 음악 선생님, 무용 강사, 여자 가정교사도 분명 상상으로……."

오빠들 사이에 짐짓 놀란 표정이 오갔다. 마치 어려운 논리 문제를 풀다가 갑자기 얼굴과 머리가 한 뼘이나 자란 듯 보였다. 그런 다음 두 사람은 즉시 나를 뚫어져라 쳐다봤다.

"에놀라," 셜록이 물었다. "적어도 여자 가정교사는 있는 거지?"

내게 가정교사는 없었다. 엄마는 나를 마을 아이들과 함께 학교에 보냈고, 거기서 배울 수 있는 모든 것을 배운 후에는 나 스스로 매우 잘 해나갈 거라고 말했다. 그래서 나는 내가 스스로 잘한다고 생각했다. 나는 『타샤의 어린이 정원*A Child's Garden of Verses*』에서부터 『브리태니커 백과사전*Encyclopedia Britannica*』에 이르기까지 편넬 홀의 도서관에 있는 책이란 책은 다 읽었다. 내가 머뭇거리자 마이크로프트도 똑같은 질문을 한 번 더 했다. "요조숙녀에게 맞는 교육을 받기는 한 거니?"

"셰익스피어는 읽었어요." 내가 대답했다. "아리스토텔레스와 로크도 읽었고, 새커리(영국의 소설가-역주)의 소설들과 매리 울스턴크래프트(영국의 여권운동가-역주)의 에세이들도 읽었어요."

순간 그들의 표정이 얼어붙었다. 차라리 서커스 공중그네에서 공연하는 법을 배웠다고 했다면 덜 놀랐을 듯한 표정이었다. 셜록이 마이크로프트 쪽으로 고개를 돌리더니 부드럽게 말했다. "내 잘못이야. 여자란 믿지 못할 존재인데…… 어머니라고 해서 왜 예외를 두었을까? 내가 적어도 여기 해마다 와서 어머니가 괜찮으신지 살폈어야 했어. 어머니를 보는 일이 아무리 곤욕스럽더라도 말이야."

마이크로프트가 안타까운 목소리로 부드럽게 말했다. "아니다, 셜록, 책임을 태만히 한 건 바로 나야. 내가 장남이니까……."

조심스러운 기침 소리가 들리고, 레인 씨가 오이 샌드위치와 썰어놓은 과일, 레모네이드 한 주전자가 담긴 쟁반을 들고 들어왔다. 오찬이 준비되는 동안 잠시 근엄한 침묵이 흘렀다.

63

침묵이 흐르는 사이 나는 오빠들에게 물어볼 질문거리를 생각해봤다. "엄마 방의 어질러진 물건들 중에요," 레인 씨가 나가자마자 내가 물었다. "혹 엄마를 찾을 수 있는 단서는 없을까요?"

마이크로프트는 대답은커녕 자신 앞에 놓인 그릇만 뚫어져라 쳐다보고 있었다.

셜록은 풀 먹인 레이스 식탁보가 헝클어질 때까지 북을 치듯 손가락으로 연신 식탁만 두드리고 있었다. "사실 우리는 어머니가 집을 나간 연유를 추론하고 있단다." 그가 마침내 입을 열었다.

"무슨 추론이요?" 내가 물었다.

다시 침묵이 흘렀다.

내가 다시 물었다. "엄마는 다시 올까요, 아니면 안 올까요?"

오빠들 중 아무도 나를 쳐다보지 않았다. 하지만 꽤 시간이 흐른 후, 셜록이 마이크로프트를 흘낏 쳐다보며 말했다. "형, 내 생각에 에놀라는 알 권리가 있어."

마이크로프트는 고갯짓으로 신호를 보내고는 세 번째 샌드위치를 손에서 내려놓고 나를 바라보며 말했다. "예전에 아버지가 돌아가신 후 벌어진 일과 지금 벌어진 일 사이에 어떤 연관성이 있는지 확인해보려는 중이란다. 너는 아마 기억 못 할 거야."

"제가 네 살 때였어요," 내가 말했다. "제가 기억하는 건 대체로 검은 말들이에요."

"그렇겠지. 음, 장례식이 끝나고 이후 며칠 동안, 의견 충돌이 좀 있었단다……."

"꽤 친절한 포장이군," 셜록이 끼어들었다. "'난장판' 이란 단어가 더 어울릴 것 같은데……."

셜록의 말을 무시한 채 마이크로프트가 계속해서 말을 이어갔다. "사유지를 처분하는 문제를 두고 일어난 불협화음이었지. 셜록도 나도 여기 살고 싶어 하지 않았어. 그러자 어머니는 집세가 곧장 자신에게 들어와야 하고, 펜델 공원도 자신이 운영해야 한다고 생각하셨지."

음, 엄마가 펜델 공원을 운영했던 거 아닌가? 그런데 마이크로프트는 마치 엄마가 펜델을 운영하는 것이 터무니없는 생각이라는 듯 말했다.

"내가 장남이니까 사유지 펜델은 사실 내 소유란다," 마이크로프트가 말을 이었다. "어머니는 그 사실에 딱히 반박하지 않으셨지만 나를 대신해서 당신 자신이 사유지를 관리해도 괜찮다고 여기신 것 같더구나. 그래서 어느 날 셜록과 내가 어머니께 말씀드렸지. 장남인 내 허락 없이는 어머니가 법적으로 여기 사시는 것마저도 권리가 없다고. 그러자 어머니는 분별을 잃으시고 그때부터 우리 두 사람을 우리가 태어난 고향인 바로 이곳에서 문전박대하셨지."

이럴 수가. 내 마음속의 모든 것들이 뒤죽박죽되어 나뭇가지에 대롱대롱 매달려 있는 신세 같았다. 지금까지 살아오는 동안 내 존재 자체가 가족의 수치였기에 오빠들이 나와 거리를 둔다고만 생각했었다. 그런데 지금 오빠들은 엄마와 다툼이 있었다고 말하고 있는 것 아닌가?

마이크로프트가 이런 비밀을 폭로하고 나서 과연 지금 마음이 어떨지 나는 분간할 수 없었다. 그건 셜록에 대해서도 마찬가지였다. 막상 나 자신도 내가 어떤 마음인지 알 수 없었다. 어리둥절한 상태라는 것만 빼면 말이다. 마치 품에 나비가 날아들 듯 비밀스러운 무언가가 내 마음속에 들어앉은 기분이었다.

"난 어머니에게 매월 생활비를 드렸단다." 마이크로프트가 말을 이었다. "그러자 어머니는 내게 생활비 인상을 요구하는 매우 사무적인 편지를 보내오셨지. 그래서 나는 돈의 쓰임새를 알려달라는 답장을 보냈단다. 추가 자금에 대한 지속적인 요청이 있긴 했지만, 나름 타당해 보였기에 지금껏 나는 어머니의 요청을 단 한 번도 거절해본 적이 없었지. 하지만 지금 밝혀졌다시피, 어머니의 말은 다 가짜였어. 정말로 그 돈이 다 어찌 된 건지 도무지 알 길이 없구나."

나는 마이크로프트 오빠가 머뭇거리는 모습을 눈치 챘다. "하지만 엄마가 나간 이유를 추론해볼 수는 있잖아요."

"그렇긴 하지." 마이크로프트는 숨을 한번 길게 들이마셨다. "우리는 어머니가 지금껏 내내 돈을 모아뒀다가 일종의 도피를 시도한 게 아닌가 싶다." 그러면서 그는 또 한 번 좀 더 긴 숨을 들이마셨다. "우리는 어머니가 이제 돈과 값나가는 물건을 들고 음…… 어디론가 가버렸다고 믿고 있단다. 말하자면 어머니가 우리를 골탕먹인 거지."

도대체 오빠가 뭐라는 거야? 엄마가 나를 버렸다는 거야? 나는 벌어진 입을 다물지 못한 채 멍하니 앉아 있었다.

"어린 여자아이 머릿속으로 받아들일 수 있는 한계를 생각해야지, 형." 셜록이 마이크로프트에게 중얼거리더니 나를 향해 부드럽게 말했다. "에놀라, 간단히 말해서 우린 어머니가 달아나셨다고 믿는단다."

하지만…… 하지만 그건 터무니없고 불가능한 일이었다. 엄마가 내게 그랬을 리가 없다.

"아니에요." 내가 무심결에 불쑥 내뱉었다. "아니요, 그럴 리가 없어요."

"에놀라, 생각해보렴." 셜록이 마치 엄마 같은 다정한 말투로 말했다. "모든 논리는 그 결론으로 통한단다. 어머니가 만일 다치기라도 했다면 수색하는 사람들이 찾았을 거고, 사고를 당했다면 우리에게 소식이 왔을 거야. 누구도 어머니를 해칠 이유는 없어. 살인을 당한 흔적도 없고. 누군가 적의를 품고 어머니를 붙잡아놓았을 리도 없단다. 어머니의 몸값을 요구하는 연락이 온 적도 없거든." 그는 잠깐 뜸을 들이다 숨을 한번 들이마시고는 계속해서 말을 이었다. "하지만 만약 어머니가 살아 계시다면, 건강하게 말이지, 어머니가 좋아하는 것을 다 하도록 해드리는 것이……."

"늘 그렇듯이 말이지." 마이크로프트가 끼어들었다.

"어머니의 어지럽혀진 침실은 진실을 감추기 위한 눈가림일 수도 있어."

"아무래도 어머니가 우리를 따돌리려고 수년간 계획을 세워오신 것 같아……." 마이크로프트가 셜록의 말에 맞장구를 쳤다.

나는 기차 경적 장치처럼 자세를 꼿꼿이 세우고는 울먹이며 말했다. "하지만 엄마는 언제든 떠날 수 있었을 텐데 왜 굳이 내 생일날 떠난 걸까요?"

입을 벌린 채 꿀 먹은 벙어리처럼 앉아 있는 건 이제 두 사람의 몫이었다. 내 논리가 오빠들의 논리를 앞질

렀던 것이다.

하지만 바로 그 승리의 순간에 갑자기 간담이 서늘해지면서, 엄마가 혹시나 티타임에 돌아오지 못할 경우 내게 선물을 주라고 레인 부인에게 말해놓았던 일이 떠올랐다.

혹은 영원히 돌아오지 못할 경우를 대비해서 말이다.

5장

눈물이 왈칵 쏟아질 것 같았다. 나는 서둘러 양해를 구하고 오찬을 빠져나와야 할지 고민하고 있었다.

바깥 공기가 필요했다. 신선한 공기가 내 들끓는 감정을 식혀줄 것 같았다. 나는 엄마가 준 새 그림 용구만 챙겨서 뛰쳐나가 채소밭과 텅 빈 마구간을 지나고, 제멋대로 자란 잔디밭을 가로질러 사유지에서 제법 나무가 우거진 곳으로 향했다. 그렇게 가쁜 숨을 몰아쉬며 오크나무 밑을 걸으니 다소 기분이 나아졌다.

마치 나 홀로 숲속에 있는 듯한 기분이 들었다. 경관들과 다른 수색 팀은 좀 더 깊은 들판과 황야지역으로 이동했다.

아래쪽으로 기울어진 숲의 경사면 바닥, 내가 가장 좋아하는 장소인 바위투성이 깊은 골짜기에 이르렀다.

이 골짜기는 양치식물이 여성용 초록색 벨벳 야회복처럼 돌 위로 느슨하게 걸쳐 있었고, 비스듬히 기울어진 버드나무 아래로 웅덩이를 이루는 개울 아래까지 구불구불 이어져 있었다. 순간 드레스와 페티코트를 입었다는 사실은 꿈에도 생각하지 못한 채, 나는 버드나무에 다다를 때까지 바위와 양치식물 위로 엉금엉금 기어 올라갔다. 또 튼튼한 나무의 몸통을 끌어안고 이끼로 뒤덮인 나무껍질에 내 뺨을 갖다 댔다. 그러고는 그 밑에 몸을 휙 수그린 채로 돌출된 나무와 개울 사이 그늘이 드리워진 움푹 팬 곳으로 기어 들어갔다.

이 근사한 구석은 나 혼자 숨어 있을 수 있는 비밀 장소로, 나 말고는 아무도 알지 못했다. 이곳에는 내가 좋아하는 것들, 즉 집안으로 가져갔다가는 레인 부인이 던져버렸을 법한 물건들을 보관했다. 땅굴 속에 자리를 잡은 나는 눈이 어둠에 익숙해질 즈음 내가 손수 돌들로 만들어놓은 작은 선반을 물끄러미 쳐다봤다. 그렇다. 여기에는 내가 주워다놓은 달팽이 껍질도 있고, 갖가지 색깔의 조약돌과 도토리 뚜껑, 반질반질 빛나는 산까치 깃털도 있고, 커프스단추와 깨진 로켓(사진 등을 넣어 목걸이에 다는 작은 갑-역주), 그리고 내가 까마귀 둥지에서 찾은 다른 보물들도 있었다.

안도의 한숨을 내쉬며 나는 숙녀의 태도와는 거리가

71

먼 웅크린 자세로 무릎을 턱까지 동그랗게 말아 올리
고는 팔로 정강이 주위를 감싸 안았다. 그러고는 내 발
치 너머로 소용돌이치고 있는 물을 빤히 쳐다봤다. 웅
덩이에서 어린 송어 떼가 헤엄치고 있었다. 이렇게 송
어들이 쏜살같이 떼 지어 헤엄쳐 나가는 모습을 볼 때
면, 나는 넋이 나가 어리둥절해지곤 했다.

하지만 오늘은 아니었다. 내 머릿속은 오로지 엄마
가 어찌될 것인지, 거기다 애매한 상태로 나온 나는 또
어떻게 집으로 돌아갈 것인지에 대한 생각으로 꽉 차
있었다. 정작 집에 가봤자 엄마는 없고 오빠들만 기다
리고 있을 것이라는 생각도, 또 내가 드레스 곳곳에 먼
지를 잔뜩 묻히고 들어가면 오빠들이 분명 이런저런
잔소리를 내뱉을 게 뻔하리란 생각도 보태졌다.

에잇, 빌어먹을!

웅크렸던 무릎을 펴고서 나는 새 그림 용구를 열어
연필과 종이 몇 장을 꺼냈다. 그중 한 장을 펼쳐놓고는
스패츠(타이츠를 발목에서 자른 것같이 다리에 완전히 들어
맞는 바지-역주) 차림에 단안경(한쪽 눈에만 대고 보는, 렌
즈가 하나뿐인 안경-역주)을 끼고 볼록한 조끼에 고리 모
양으로 만든 묵직한 회중시계 줄을 찬 마이크로프트
오빠의 딱히 근사하지 않은 모습을 순식간에 그려냈다.

이어서 다리며, 코, 턱, 전부 다 하나같이 호리호리한

셜록 오빠의 모습도 재빨리 그려냈다.

그다음엔 엄마도 그리고 싶었다. 엄마에게도 화가 나 있었기 때문이다. 나는 엄마가 집을 떠나던 날 차림새를 추측하면서 거꾸로 된 화분 모양의 모자와 터키백 재킷, 그리고 너무나도 우스꽝스러운…… 허리받이를 입은 엄마의 모습을 그리고 싶었다.

사실 엄마는 자신의 미술 용구도 챙겨가지 않았다.

그리고 엄마는 내 생일잔치를 위해 돌아올 생각도 없었다.

아마도 엄마에게 뭔가 중요한 일이 있었던 듯하다. 가슴은 무척 아프지만 이제 나는 이 사실을 받아들였다.

제기랄, 내가 공포에 떨며 엄마를 찾아 헤매던 시간 동안 줄곧 엄마는 나 없이 모험을 즐기며 혼자서 아주 잘 지내고 있었다.

엄마가 살아 있다는 결론이 났으니 내가 기뻐할 거라고 생각하는 사람도 있을 수 있다.

하지만 그와는 정반대로 나는 참담한 기분이다.

나는 버림받았다.

왜 처음부터 나를 그냥 버리지 않았을까? 왜 내가 태어났을 때 나를 바구니에 넣어 남의 집 문간에 버리지 않았을까? 왜 하필 지금 나를 떠난 걸까? 엄마는 대체 어디로 간 걸까?

엄마의 모습을 그리는 대신 나는 주저앉아 생각에 잠겼다. 내 그림들을 한쪽으로 제쳐놓고는 의문스러운 질문들을 하나씩 써 내려갔다.

엄마는 왜 나를 데려가지 않았을까?
엄마가 먼 곳으로 여행을 떠났다면 왜 자전거를 타지 않았을까?
엄마는 왜 그렇게 이상한 차림새를 하고 있었을까?
엄마는 왜 떠날 때 펜델 홀의 관문을 통과하지 않았을까?
만일 걸어서 시골길을 건너갔다면, 대체 엄마는 어디로 가는 중이었을까?
엄마가 교통수단을 찾았다면, 다시, 엄마는 어디로 가는 중이었을까?
엄마는 그 돈을 전부 가지고 무엇을 했을까?
엄마가 도피한 것이라면, 왜 엄마는 아무 짐도 소지하지 않았을까?
엄마는 왜 내게 어떤 설명의 말이나 작별인사도 남기지 않고 떠났을까?

나는 연필을 내려놓고, 소용돌이치는 개울에서 검은 눈물방울 같은 작은 물고기들이 헤엄치는 모습을 빤히 쳐다봤다.

그때 무언가가 버들가지 옆의 덤불에서 바스락거렸다. 내가 정체를 확인하기 위해 고개를 돌리자, 털로 뒤덮인 낯익은 머리 하나가 불쑥 내 은신처 사이를 비집고 들어왔다.

"아, 레지날드," 콜리견 레지날드에게 내가 핀잔을 주며 말했다. "나 좀 내버려둬."

하지만 나는 어느새 그 나이 든 녀석에게 몸을 기대고 있었다. 레지날드는 널찍하고 뭉툭한 주둥이를 내 얼굴에 들이대면서 내가 덥수룩한 녀석의 목을 팔로 감싸 안자 꼬리를 마구 흔들어댔다.

"고맙다, 레지날드." 어디선가 교양 있는 목소리가 들려왔다. 셜록 오빠가 옆에서 나를 지켜보며 서 있었다.

숨이 턱 막혀온 나는 레지날드를 밀치고 땅에 놓아둔 종이들 쪽으로 손을 뻗쳤다. 하지만 내 동작이 그렇게 재빠르진 못했다. 셜록 오빠가 먼저 선수를 친 것이다.

셜록 오빠는 마이크로프트 오빠와 자신을 그린 내 그림들을 얼빠진 듯이 바라보았다. 그러더니 소리만 안 내었지 고개를 젖혀 앞뒤로 흔들며 실컷 웃고는 숨을 고르기 위해 버드나무 옆 (선반처럼 생긴) 바위에 앉았다.

나는 굴욕감에 얼굴이 화끈거렸지만, 셜록 오빠는 그저 웃고 있었다. "잘 그렸어, 에놀라." 오빠는 말하면서도 입가에 웃음이 떠나질 않았다. "캐리커처에 꽤 소질이 있구나." 오빠가 내 스케치를 되돌려주며 말했다. "아무래도 마이크로프트 형은 보지 않는 게 좋겠구나."

나는 빨갛게 달아오른 얼굴을 식혀가며 종이들을 그림 용구 밑으로 슬쩍 밀어 넣었다.

셜록 오빠가 말했다. "그런데 에놀라, 네 곁에 있는 그 나무는 언젠가 물속으로 굴러떨어질 거야. 혹시라도 그런 일이 발생하면 네가 그 밑에 없기를 바라마."

최소한 오빠는 내 은신처를 조롱하지는 않았다. 하지만 밖으로 나오기를 바라는 오빠의 말에 약간 창피한 마음이 들었다. 나는 눈살을 찌푸리며 바깥으로 나왔다.

오빠가 물었다.

"손에 쥔 그 종이는 뭐니? 한번 봐도 될까?"

내 목록이었다. 나는 오빠가 나를 어떻게 생각할지 따위는 더 이상 신경 쓰지 않겠노라고 스스로 다짐하면서 종이를 오빠에게 건네주었다.

오빠가 종이를 읽을 때 나는 양치식물로 뒤덮인 또 다른 바위에 털썩 앉았다.

오빠는 내 목록에 주의를 기울였다. 어찌나 곰곰이 생각하던지 매부리코가 두드러진 오빠의 가늘고 긴 얼굴이 꽤나 심각해 보였다.

"핵심 사항을 꽤나 잘 짚었구나." 마침내 입을 연 오빠는 약간 놀란 눈치였다. "출입소 관리인에게 나가는 방향을 보이고 싶지 않았을 테니 어머니가 펀델 홀의 관문을 통과하지는 않으셨을 거야. 같은 이유로 목격자를 만날 수도 있는 그 길로는 가길 원치 않으셨겠지. 어머니는, 북쪽이든 남쪽이든 동쪽이든 아니면 서쪽이든, 당신이 어디로 갔는지 우리가 분간할 수 없게 할 정도로 영리하셨던 거야."

나는 자세를 고쳐 앉아 고개를 끄덕여가며 셜록 오빠의 이야기를 귀담아 들었다. 이루 말할 수 없을 정도로 기분이 한결 나아졌다. 셜록 오빠는 내 생각에 코웃음을 치지 않았다. 오빠는 나와 대화를 나누고 있었다.

내 마음에서 펄럭거리던 그 이름 없는 나비…… 그 나비의 정체가 무엇이었는지 슬슬 느껴지기 시작했다.

이 느낌은 오빠들 공동의 적이 내가 아니라 엄마라는 사실을 알았을 때 시작됐다.

그것은 희망이었다. 꿈이었다. 정말로 동경하던 그런 꿈. 이제 내게도 좋은 기회가 생길지 모른다.

나는 오빠들이…… 사실 애정에 관해 감히 생각해본 적도 없었지만, 이제 오빠들이 조금만 나를 보살펴줬으면 했다.

셜록 오빠가 계속해서 말했다. "에놀라, 네가 말한 다른 사항들도 조만간 그 정체를 밝혀냈으면 좋겠구나."

나는 다시 고개를 끄덕였다.

"내가 이해하지 못한 한 가지 의문점은 말이지, 너는 어머니 옷이 기묘하다고 적었는데 내가 레인 씨에게 어머니의 옷에 관해 설명해달라고 했을 때는 이상한 점을 발견하지 못했거든."

그 이야기를 듣자 레인 씨와 어머니 옷에 관해 이야기하던 중 내가 저지른 끔찍한 실수가 생각나 얼굴이 붉어졌다. 그 상태로 나는 간신히 중얼거렸다. "그……음…… 치마용 허리 받침대요."

"아, 허리받이……." 셜록 오빠는 얼마든지 아무렇지도 않게 그 표현을 쓸 수 있었다. "식인종이 허리받이를 보고 선교사의 아내에게 '너희 여자들은 다 기형이니?'라고 물었던 그 허리받이? 글쎄다. 여자들이 스스로를 꾸미려고 쓰는 방식은 참으로 가지가지더군. 도통 종잡을 수가 없단 말이야." 오빠가 어깨를 으쓱해 보이고는 화제를 돌렸다. "에놀라, 나는 한 시간 내로 런던으로 돌아간단다. 그래서 작별인사도 할 겸, 오랜 세월이 지나긴 했지만 다시 보게 되어 매우 반가웠단 말을 하려고 너를 찾았단다."

그러면서 오빠는 내게 악수를 청했다. 물론 장갑 낀 손이었다. 나는 잠시 동안 그 손을 꼭 움켜잡았다. 말이 나오지 않았다.

"마이크로프트 형도 여기 오래 머물 순 없어서 며칠 만 더 남아 있을 거야." 셜록 오빠가 계속해서 말했다. "형은 자기가 아끼는 '디오게네스 클럽'하고 오랫동안 떨어져 있을 수가 없거든."

나는 마른 침을 삼켜가며 목소리를 가다듬은 후 물었다. "런던에서는 뭘 하실 거예요?"

"런던 경찰청에 조사 청원을 의뢰할 거야. 또 우리가 추정한 대로 길을 잃은 어머니가 프랑스나 그런 예술혼이 담긴 메카를 찾아 영국을 떠난 경우를 대비해 혼자 여행하는 여성들을 위한 기선 회사들의 승객 목록도 찾아볼 거야. 그게 아니라면 어머니는 아마도 성지순례라도 하듯 서프러지스트가 시작된 곳으로 가고 있을지도 모르지……." 오빠는 나를 꽤 차분하게 쳐다봤다. "에놀라, 나보다는 네가 좀 더 최근의 어머니를 잘 알고 있잖니. 네 생각에 어머니가 어디로 가신 것 같니?"

위대한 셜록 홈즈가 내 생각을 묻는다? 하지만 나는 달리 해줄 말이 없었다. 오빠들 말대로 결국 나는 아직 많은 생각을 할 수 없을 정도로 두뇌 용량이 작은 어린 소녀일 뿐이었다.

부끄러움으로 목 주변이 다시 화끈거리는 것을 느끼며 나는 고개를 저었다.

"글쎄요, 경찰 지구대는 이 부근에서 엄마의 흔적을 찾지 못했다고 했어요. 그래서 저도 아무 일도 못 하고 있어요." 자리에서 일어선 오빠가 마치 인사라도 하듯 모자를 살짝 건드려 조금 기울이며 말했다. "믿음을 가지렴. 어머니가 다치셨다거나 하는 어떤 조짐도 없거든." 그러더니 오빠는 손에 든 지팡이를 흔들며 마치 런던 궁궐의 대리석 계단을 오르듯 품위 있는 자세로 작은 골짜기의 바위 위로 훌쩍 올라섰다. 그렇게 꼭대기까지 다다른 오빠는 돌아보지도 않은 채 일종의 작별인사라도 하듯 지팡이를 올려 흔들었다. 그러고는 자기에게 홀딱 빠져 종종걸음으로 따라가는 개와 함께 우리 집 방향으로 성큼성큼 걸어갔다.

나는 셜록 오빠가 숲속 나무 사이로 사라질 때까지 지켜봤다. 마치 내가 오빠와 다시 오랫동안 대화를 나누지 못하게 되리라는 것을 직감이라도 하듯 한없이 쳐다보고 있었다.

집으로 돌아온 나는 레인 씨가 '옷을 교정해주는 물건'이라 부르던 것, 그러니까 내가 아무렇게나 내버려두고 왔던 그 물건을 찾으러 거실의 앞쪽으로 갔다. 엄마가 왜 그 시답잖은 허리받이를 입지는 않고 화장대에 넣어두었는지 궁금했다. 나는 곰곰이 생각하며 엄마가 돌아와 찾고 싶어 할 경우를 대비해 그 물건을 도로 엄마의 침실에 가져다놓았다…….

흠, 엄마가 돌아온다고?

하지만 엄마가 돌아올 거라고 생각할 만한 근거는 없었다. 결국 떠나는 길을 선택한 엄마니까. 스스로의 자유의지로 말이다.

나는 복도 의자의 두꺼운 목재 팔걸이 사이에 몸을 깊숙이 찔러 넣고는 손에 들고 있던 말 털로 짠 꺼끌꺼끌한 쿠션 위에 기절하듯 푹 쓰러졌다. 그러고는 얼마간 그대로 머물러 있었다.

하지만 이내 마음에 쌓인 분노로 어금니를 꽉 깨문 채 머리를 쳐들었다. 엄마가 나를 두고 떠난 거라면, 일종의 복수로 엄마의 방들 안에 있는 물건들을 내 마음대로 처분해도 괜찮을 것 같았다.

반은 분노로 인해, 반은 필요에 이끌려 내리게 된 결정이었다. 아무튼 옷을 엉망으로 만들어버린 나는 옷을 갈아입어야 했다. 내 옷들 중 몇 벌은 예전엔 하얀색이었는데 지금은 먼지와 풀로 얼룩이 져 연두색이 되는 바람에 더 볼썽사나워진 상태였다. 아무래도 엄마의 옷장에서 입을 만한 옷을 골라야 할 듯했다.

자리에서 일어나 위층 복도를 성큼성큼 걸어가 엄마의 방문 손잡이를 돌렸다.

그러나 쓸데없는 짓이었다. 문은 닫혀 있었다.

정말 되는 일이라곤 하나도 없는 날이었다! 나는 다시 성큼성큼 계단으로 걸어가 난간 위로 몸을 구부리고는 버르장머리 없는 톤으로 들릴 때까지 목청 높여 불렀다. "레인!"

"쉬잇!" 굴뚝이든, 지하창고든, 신출귀몰하는 집사 레인 씨가 아니나 다를까 놀랍게도 어느새 아래층에 나타났다. 그는 하얀 장갑을 낀 손가락 하나를 자신의 입술에 가져다 대고는 내게 소곤소곤 말했다. "에놀라 아가씨, 마이크로프트 씨가 지금 낮잠을 주무시고 계세요."

어이없는 표정을 지으며 나는 레인 씨에게 위층으로 올라오라고 손짓했다. 그가 올라왔을 때, 나는 입을 모아 더 조용히 말했다. "엄마 방 열쇠가 필요해요."

"마이크로프트 씨가 그 방들은 잠가두라고 말씀하셨어요."

그 말에 기가 막혀 말이 나오지 않았다. "뭣 때문에요?"

"에놀라 아가씨, 저는 그런 질문을 할 위치가 아닙니다."

"알았어요. 제게 문을 열어주실 거면 열쇠는 없어도 돼요."

"저는 마이크로프트 씨의 허락을 받아야 합니다, 에놀라 아가씨. 그리고 만일 이 일로 마이크로프트 씨를 깨운다면 화를 내실 거예요. 마이크로프트 씨가 말씀하신 건⋯⋯."

마이크로프트 씨가 이랬고, 마이크로프트 씨가 저랬고⋯⋯ '이봐요, 레인! 엔간히 좀 하라고요.'라는 말이 하마터면 입에서 튀어나올 뻔했다. 하지만 나는 입을 꼭 다문 채 그 허리받이를 레인 씨에게 거칠게 떠안겼다. "전 이 물건을 원래 있던 자리로 되돌려놔야 해요."

레인 씨의 얼굴이 정말 붉어졌다. 그런 모습을 보고 있자니 왠지 통쾌했다. 레인 씨의 그런 모습을 본 건 처음이었다.

"게다가," 나는 이를 악문 채 꽤 부드러운 말투로 말을 이어갔다. "내가 입을 만한 옷이 있는지 엄마 옷장을 좀 뒤져봐야 해요. 만일 이 옷차림으로 저녁을 먹으러 내려갔다간, 마이크로프트 오빠가 더 화를 낼 거예요. 오빠는 아마 입에 게거품을 물걸요. 그러니 문 좀 열어주세요."

그러자 레인 씨가 두 말 않고 문을 열어주었다. 하지만 열쇠는 그 자신이 쥔 채 문 바깥에서 나를 기다렸다.

골이 날 대로 난 상태였기 때문에 나는 거기서 나만의 시간을 가졌다. 하지만 그러면서도 엄마의 옷을 샅샅이 훑어보며 이 새로운 국면을 어찌 해결해나가야 할지 생각해보았다. 엄마 방들의 문을 전부 잠가둔 채 마이크로프트 오빠의 허락이 있어야만 들어갈 수 있다고? 그건 안 될 말이었다.

나는 엄마가 혹 자기만의 열쇠를 두고 간 건 아닐지 궁금했다.

하지만 그 생각을 하자 덜컥 겁이 났다. 엄마가 외출하려고 옷을 입던 날, 돌아올 작정이었다면 열쇠를 가지고 갔을 것이기 때문이다.

그러므로 엄마가 열쇠를 두고 갔다면, 그 의미는 너무나도 명확했다.

잠시 여러 번에 걸쳐 깊게 숨을 들이마신 후에야 나는 엄마의 워킹 슈트를 만질 수 있었다. 엄마의 워킹 슈트는 여전히 화장대 위에 아무렇게나 걸쳐져 있었다.

나는 그 윗주머니에서 금세 열쇠를 찾아냈다.

손에 묵직함이 전해져왔다. 나는 마치 그 열쇠를 처음 보기라도 한 것처럼 빤히 쳐다보았다. 열쇠의 한쪽 끝에는 타원형 손잡이가 있었고 다른 쪽에는 직사각형 모양의 열쇠 몸체가 있었다. 왠지 낯설고 차디찬 쇳덩이였다.

아, 엄마는 정말로 돌아올 계획이 아니었던 것이다. 하지만 이 혐오스럽고도 앙상한 쇳덩이는 어느새 내 가장 소중한 소지품이 되었다. 나는 열쇠를 꽉 움켜쥔 채 그 모습을 들키지 않으려고 엄마의 옷장에서 꺼낸 옷을 손 위로 씌운 후 방을 나갔다.

"다 됐어요, 레인." 내가 붙임성 있는 목소리로 말했다. 그러자 레인 씨가 다가와 다시 한 번 문을 잠갔다.

저녁 식사를 하는 자리에서 마이크로프트는 빌려 입은 내 드레스에 대해 예의상이라도 한번 물어줄 법하건만 말 한마디 없었다. 드레스는 목이 드러나게끔 파여 있으면서 마치 물이 흐르는 듯한 아름다운 실루엣을 뽐내고 있었지만, 나한테는 헐렁했기 때문에 마치 긴 빗자루에 종이를 씌운 것마냥 옷이 그저 내 몸뚱이에 매달려 있는 모양새였다. 키는 엄마만큼 컸지만, 내게는 아직 엄마 같은 여성스러운 몸매가 없었다. 하지만 어찌됐든 난 이 옷을 골랐다. 몸에 딱 맞는 걸 보여주려는 과시욕 때문이 아니라, 색깔이 좋았기 때문이다. 크림색과 복숭아색이 어우러진. 더군다나 옷이 바닥에 질질 끌리긴 했지만, 내가 신고 있는 소녀용 부츠를 감출 수 있어 딱 좋았다. 허리가 잘록하게 보이도록 하려고 부지깽이처럼 곧은 몸 중간에 허리띠도 맸다. 목걸이도 했다. 그리고 머리도 정돈해보려고 애썼다. 물론 머리색이 어중간한 갈색이라 천하일색의 미인으로 보일 일은 당연히 거의 없었다. 요컨대 내 모습은 옷 입기 놀이를 즐기는 어린아이로 보였을 게 분명했고, 나 또한 그걸 모르는 바 아니었다.

마이크로프트는 아무 말도 하지 않았지만, 분명 기분이 좋아 보이지는 않았다. 생선이 나오자, 그가 내게 말했다. "런던에 있는 재봉사에게 전갈을 보내 네가 입을 적당한 옷을 보내도록 했다."

나는 고개를 끄덕였다. 새 옷들이 근사할 수도 있다. 맘에 들지 않으면 오빠가 없을 때 얼른 내 편안한 니커 바지(무릎 아래에서 홀치는 느슨한 반바지-역주)로 갈아입으면 그만이었다. 하지만 나는 이렇게 말했다. "여기 키네포드에도 재봉사가 있어요."

"그래, 알고 있다. 하지만 네가 기숙사에서 어떤 옷을 입어야 할지는 런던의 재봉사가 정확히 알고 있을 거다."

대체 오빠가 지금 무슨 말을 하고 있는 거야? 나는 아주 침착한 목소리로 입을 열었다. "전 기숙사에 안 가요." 오빠 역시 침착하게 대답했다. "당연히 너는 가게 될 거다, 에놀라. 숙녀들을 위한 훌륭한 시설들 몇 군데에 문의를 좀 넣어두었단다."

엄마도 내게 그런 시설에 관해 이야기한 적이 있었다. 엄마가 읽던 실용복 잡지에는 소위 '모래시계' 같은 몸매를 조장하는 세태를 경고하는 글로 가득했다. 그런 세태를 따르는 '학교'에서는 여교장이 들어오는 여학생마다 코르셋을 꽉 조였고, 그렇게 일주일에 한 시간 목욕을 위해 풀어놓을 때를 제외하고는 걸을 때든 잘 때든 소녀의 허리에는 온종일 코르셋이 채워져 있었다. 그뿐만이 아니었다. 그런 다음 소녀들은 더 쪼이는 코르셋으로 바꿔 입도록 주문을 받기 때문에 사실상 정상적으로 호흡할 수도 없을뿐더러, 나아가 작은 충격만 받아도 기절하기 일쑤였다. 이런 옷을 '매력적'이고 '도덕적'인 옷으로 여겼던 것이다. 이를테면, 코르셋은 '착용한 사람이 자제력을 발휘하도록 감시하는 일종의 실시간 모니터링 장치'와도 같았다. 바꿔 말하면, 몸을 굽히거나 편안한 자세를 취하는 것도 불가능할 정도로 착용한 사람을 들들 볶았다는 소리다. 게다가 최신 코르셋은 엄마의 케케묵은 고래수염(과거 옷을 빳빳하게 만들 때 썼음-역주) 코르셋과는 달리, 길이가 너무 길었기 때문에 통상 잘 휘어지지 않게끔 강철로 만들어졌다. 하지만 그러다 보니 어느새 그 강철이 소녀의 장기 위치와 몸통의 모양까지 변형시키기에 이르렀고, 한 기숙사 소녀의 경우 이 코르셋 때문에 실제로 늑골이 폐에 구멍을 내 때 이른 죽음을 맞이해야 했다. 관 속에 누웠을 때 그녀의 허리둘레는 겨우 15인치에 불과했다.

쨍그랑하는 소리와 함께 포크를 접시에 떨어뜨렸을 때, 이 모든 광경이 머릿속에서 순식간에 스쳐 지나갔다. 소스라치게 놀랄 만한 이 상황에 나는 잔뜩 움츠

러든 상태로 멍하니 앉아 있었다. 남자에게 그런 여자들의 속사정을 털어놓는다는 것은 상상할 수도 없는 일이었다. 나는 모기만 한 목소리로 겨우 말을 이었다. "하지만, 엄마가……."

"네 엄마가 언제든 곧 돌아오리라는 확신이 없단다. 내가 여기 무한정 있을 수도 없는 노릇이고." 나는 천만다행이라고 생각했다. "그러니 여기서 혼자 별로 하는 일도 없이 빈둥대며 지내서는 안 되겠지, 에놀라?"

"레인 씨 부부는 여기 계속 남아 있지 않나요?"

그가 눈살을 찌푸리며 빵에 버터를 바르던 칼을 내려놓았다. "그야 물론 그렇지. 하지만 하인들이 네게 적절한 교육과 지도를 해줄 순 없단다."

"제 말은 엄마가 좋아하지 않으실 수도……."

"네 엄마는 널 돌볼 책임에 태만하셨다." 순간 그의 말투가 버터 칼보다도 훨씬 더 날카로웠다. "무언가를 성취해보지도 못하고, 사회성도 기르지 못하고, 무언가를 완성해보지도 못한다면 네 장래가 어떻게 되겠니? 상류사회의 일원은커녕 결혼도 못 할 거다……."

88 "아무튼 저의 장래는 어둡지 않나요?" 내가 말했다. "전 셜록 오빠처럼 생겼으니까요."

내 솔직한 말에 그는 충격을 받은 듯했다. "사랑하는 동생아." 마이크로프트 오빠의 말투가 부드러워졌다.

"네 모습도 달라질 거야, 에놀라." 머리 위에 책을 올려놓고 피아노를 치면서 한도 끝도 없이 앉아 있으면 그렇게 되려나? 물론 오빠가 그렇게 말하진 않았지만, 나는 고통 속에서 하루하루를 보내는 것도 모자라, 코르셋과 옷을 교정해주는 물건과 인조 머리카락을 착용하고 지내게 될 것이다. "너는 품위 있는 집안 출신이란다. 네 모습을 조금만 가꿔도 우리 집안에 먹칠할 일은 없을 거야."

나는 이렇게 대꾸했다. "저는 늘 집안의 불명예였으니, 앞으로도 그럴 거예요. 그리고 전 숙녀들을 위한 어떤 시설에도 가지 않을 거예요."

"아니, 가게 될 거다."

어슴푸레한 촛불 아래 탁자를 마주하고 앉아 서로 쏘아보던 우리는 저녁 식사의 겉치레 따위는 이미 포기한 지 오래였다. 나는 오빠가 나만큼이나 잘 알고 있었다고 확신한다. 레인 씨 부부가 복도에서 엿듣고 있었다는 사실을 말이다. 하지만 난 신경 쓰지 않았다.

내가 목소리를 높여 말했다. "안 돼요. 그래야 한다면 가정교사를 붙여주세요. 기숙사라고 하는 데는 어디에도 가지 않을 거예요. 저를 강제로 보내실 순 없어요."

오빠의 말투는 부드러웠지만 말에 뼈가 있었다. "아니, 나는 보낼 거야. 꼭 보내고말고."

"무슨 뜻인가요? 제게 족쇄라도 채워 보내시겠다는 말인가요?"

그가 눈을 희번덕거렸다. "그 엄마에 그 딸이군." 천장에다 대고 분명히 이렇게 말하고서 오빠가 너무나도 못마땅하고 거만한 눈빛으로 쳐다보는 바람에 나는 옴짝달싹 못 하고 굳어 있었다. 그럴듯하게 설명할 요량으로 오빠가 차분히 말했다. "에놀라, 법적으로 나는 네 엄마와 너를 돌볼 책임이 있단다. 내가 원하기만 하면 네가 철이 들 때까지 널 방에 가둬두거나, 소기의 성과를 얻기 위해 뭐가 됐든 다른 필요한 수단을 동원할 수도 있단다. 게다가 네 큰오빠로서 난 네가 규범을 잘 지키도록 할 책임이 있단다. 네가 너무 오랫동안 제멋대로 자라왔다는 건 명백한 사실이야. 아마도 지금이 그런 생활에서 널 올바로 되돌려놓아야 할 적절한 때인 것 같구나. 너는 내 말대로 하게 될 거다."

그 순간 나는 아빠가 돌아가신 후 지내온 세월 동안 엄마가 어떤 마음이었을지 정확하게 이해하게 됐다. 그리고 런던에 있는 오빠들을 방문하려고 한 번도 시도하지 않았던 이유와 펀델 공원에 오빠들이 오는 것을 엄마가 환영하지 않았던 이유도 이해하게 됐다.

그리고 왜 엄마가 돈과 관련해서 마이크로프트 오빠를 속일 수밖에 없었는지도 이해하게 됐다.

나는 자리에서 벌떡 일어서며 말했다. "저녁 식사할 생각이 싹 달아났네요. 먼저 일어나도 양해해주실 거라 믿어요."

그런 다음 나는 냉소적인 품위를 드러내며 미끄러지듯 방을 나갔다. 아니 그러고 싶었지만 내 스커트에 그만 발이 걸려 넘어지는 바람에 계단에서 발을 헛딛고 말았다.

6장

그날 밤 나는 잠을 이룰 수가 없었다. 정말이지 처음에
는 가만히 있기도 어려웠다. 런던 동물원에 있는 사자
가 우리를 어슬렁거리는 모습을 상상하면서, 나도 잠
옷과 맨발 차림으로 침실을 서성이고, 서성이고, 또 서
성였다. 나중에 석유램프 불을 낮추고 촛불을 끈 다음
잠자리에 들었을 때도, 좀처럼 눈이 감기지 않았다. 그
때 마이크로프트가 잠을 자려고 손님용 침실로 들어
가는 소리가 들렸다. 레인 씨 부부가 꼭대기 층에 있는
자신들의 숙소로 걸어 올라가는 소리도 들렸다. 하지
만 나는 여전히 어둠을 빤히 쳐다보며 누워 있었다.

내가 무엇 때문에 괴로운지 그 이유가 처음처럼 명
확하게 와 닿지는 않았다. 화가 난 건 마이크로프트 오

빠 때문이었지만, 속상한 건 엄마에 대한 내 생각의 변화 때문이었다. 말하자면 엄마를 그저 엄마로서 주관적으로 보지 않고, 한 사람의 객관적인 인물로 바라보자니 매우 기괴한 느낌이 들었다. 그렇다, 엄마는 강하면서도 약한 존재였다. 엄마는 나처럼 갇혀 사는 느낌을 갑갑해하고 있었다. 엄마는 자신이 처한 부당한 상황을 예민하게 감지했다. 내가 순종을 강요당한 것처럼, 엄마도 순종을 강요당했다. 내가 반항이란 걸 해볼 수나 있을지도 모르는 상태에서 필사적으로 반항하려 했듯, 엄마도 반항하고 싶어 했던 것이다.

결국 엄마는 이 반란에 성공했다. 그야말로 영광스러운 반란이다.

젠장, 대체 엄마는 왜 나를 데려가지 않은 걸까?

나는 이불을 걷어차고 침대에서 벌떡 일어나 석유램프를 켜고 책상 앞으로 성큼성큼 걸어갔다. 테두리가 스텐실 프린팅(천의 겉면을 특정한 형판으로 덮어 그 부분만 염색을 가하지 않는 방법-역주) 꽃무늬로 되어 있는 책상도 내게 위안이 되지는 않았다. 나는 그림 용구에서 종이와 연필을 꺼내 꽉 움켜쥐고 몹시 화가 난 엄마의 모습을 그리기 시작했다. 그림 속에서 엄마는 일자로 꽉 다문 입 모양을 하고는 온통 주름진 얼굴에 턱 아래로는 살이 죽 늘어진 채 자신의 기다란, 소위 '지상 3층,

지하 1층' 모자를 쓰고 버럭 화를 내고 있었다. 몸 뒤쪽으로 우스꽝스러운 허리받이가 열을 지어 허리를 에워싼 가운데 엄마는 마치 칼을 쥔 듯 우산을 흔들어대고 있었다.

왜 엄마는 내게 속마음을 털어놓지 않았을까? *왜* 엄마는 나를 두고 떠난 걸까?

그래, 좋다, 마음은 쓰리지만 다 이해할 수 있다. 자신의 비밀을 공유할 만큼 어린 소녀를 믿고 싶지는 않았겠지…… 하지만 적어도 내게 어떤 메시지나 작별인사 정도는 남겨야 했던 것 아닐까? 거기다 대체 왜, 엄마는 하필 내 *생일날* 떠나기로 한 걸까? 엄마는 살면서 단 한 번도 이유 없는 행동을 한 적이 없었다. 엄마에게는 떠날 이유가 있는 게 분명했다. 도대체 그 이유가 뭘까?

그 이유는…….

나는 멍하니 입을 벌린 채 책상 앞에 꼿꼿이 앉았다.

이제 알 것 같았다.

엄마의 관점에서 말이다.

상황이 완벽하게 이치에 맞아 떨어졌다. 엄마는 현명했다. 훨씬, 훨씬, 훨씬 더 현명했다.

엄마는 내게 메시지를 남겼다.

선물로써.

내 생일날. 그래서 엄마는 하고많은 날 중 하필 내 생일날 떠나기로 한 것이다. 어차피 생일날은 선물을 주기 마련이니 아무도 눈치채지 못할 터였다…….

가슴이 두방망이질을 해댔다. 내가 그걸 어디에 두었더라? 나는 그것을 찾으러 침실을 둘러보기 위해 소지하고 다니던 촛불을 켜야만 했다. 책꽂이 위에는 없었다. 의자 위에도 없었다. 화장대 위에도, 세면대 위에도, 침대 위에도 없었다. 노아의 방주 모형이나 흔들 목마나, 예전에 오빠들이 입던 옷에도 없었다. 머리가 띵해져왔다. 바보 같으니라고, 대체 어디에 뒀었지…… 그렇게 있을 만한 장소란 장소는 다 뒤져본 끝에 결국 나는 방치되었던 인형을 모아둔 함에서 그것을 찾았다. 빳빳한 화가용 종이에 일일이 손으로 쓰고 칠한 후, 정확히 반으로 접어 바느질로 엮은 호리호리한 종이 다발이었다.

나는 순간 그것을 낚아채듯 손에 쥐었다. 엄마가 손수 나를 위해 만든 바로 그 암호 책자였다.

엄마의 암호 책자에는 종잡을 수 없는 글자들이 쓰여 있었다.

ALO NEK OOL NIY MSM UME HTN

ASY RHC

첫 번째 암호를 흘낏 쳐다보는 것만으로도 눈이 감겨왔다. 울어버리고만 싶었다.

생각을 좀 해, 에놀라.

마치 엄마가 내 머릿속에 들어앉아 나를 책망하는 듯했다. "에놀라, 너는 혼자서도 아주 잘 해낼 거야."

나는 두 눈을 크게 뜨고 뒤죽박죽 섞여 있는 글자의 줄을 빤히 쳐다보며 생각했다.

좋아. 우선, 세 글자 모음 중에서 단어는 없을 거야.

나는 그림 도구함에서 새 종이 한 장을 꺼낸 다음 한 손으로는 석유램프를, 또 한 손으로는 촛불을 바싹 끌어당겼다.

그러고는 종이에다 엄마의 암호 글자들을 죽 이어서 적어보았다.

ALONEKOOLNIYMSMUMEHTNASYRHC

첫 단어는 '혼자서ALONE'란 단어로 눈에 확 들어왔다. 아니면 '에놀라ENOLA'인가?

이번에는 뒤에서부터 읽어보자.

CHRYSANTHEMUMSMYINLOOKENOLA

내 시선이 첫 부분을 지나 '엄마MUM'라는 단어에 멈췄다. 엄마라…… 엄마는 내게 자신에 대한 메시지를 보내고 있는 걸까?

MUMS MY IN LOOK ENOLA

아무래도 단어 순서가 거꾸로인 것 같았다.

ENOLA LOOK IN MY

오, 제발. 그다음은 바로 '국화CHRYSANTHEMUMS'란 단어 아닌가?

암호 페이지의 테두리에 그려진 꽃그림을 보고 알았어야 했다. 테두리에 금색과 적갈색 국화꽃 그림을 그려놨던 것이다.

마침내 내가 암호를 풀었다.

내가 완전히 멍청한 건 아니었다.

아니, 난 멍청한 게 맞는지도 모르겠다. "에놀라, 내 국화를 들여다보렴." 이 말이 무슨 뜻인지 도통 모르겠으니. 엄마가 화단 어딘가에 뭔가를 묻은 걸까? 그럴 리 없다. 내가 아는 한 엄마는 평생 삽이라곤 들어본 적이 없었다. 그런 허드렛일은 딕이 관리했기 때문이다. 아무튼 엄마는 정원사가 아니었다. 엄마는 국화처럼 척박한 환경에 강한 꽃들이 스스로 잘 자라도록 하고 싶어 했을 뿐이었다.

바깥에 있는 저 국화처럼 말이다. 엄마가 엄마의 국화를 염두에 둔 걸까?

아래층에 있는 벽걸이 시계가 새벽 두 시를 알렸다. 이렇게 밤늦게까지 깨어 있던 적은 없었다. 생각이 머릿속에서 제대로 정돈되지 않고 이리저리 떠돌아다니는 것만 같았다.

바로 눈을 붙여야 할 만큼 피곤하고 정신이 멍했다. 하지만, 그러고 싶지 않았다. 잠이나 자고 있을 때가 아니었기 때문이다.

잠깐만. 엄마는 내게 또 다른 책을 주었다. 바로 『꽃말』이라는 책이었다. 나는 그 책을 펼쳐 색인을 찾아보았다. 그러고는 국화라는 단어를 찾아보았다. '국화를 선사한다는 것은 상대방과 친숙하게 연결돼 있을 뿐 아니라, 상대방에게 애정이 있다고 넌지시 표시하는 것이다.' 넌지시 애정을 표시하는 것이 애정이 없는 것보다는 낫다는 생각이 들었다. 차근차근 이번에는 스위트피 꽃을 찾아보았다.

'안녕, 즐거운 시간을 보내게 해줘서 고마워, 하는 뜻

의 떠날 때 전해주는 선물을 의미한다.'

떠남이라…….

다음에는 엉겅퀴를 찾아보았다.

'엉겅퀴는 저항을 의미한다.'

의미심장한 미소가 절로 지어졌다.

그렇다면, 엄마는 결국 메시지를 남긴 것이다. 일본
제 꽃병에 남겨진 '떠남'과 '저항'의 메시지. 바람이 잘
통하는 엄마의 거실 벽에 걸린 백여 개 남짓 되는 수채
화도 역시 그런 의미에서 남겨졌다.

수채화로 그린 꽃들에 담긴 메시지.

나는 눈을 깜빡이며 더 활짝 의미심장한 미소를 지
었다. "에놀라," 나는 스스로 속삭였다. "바로 그거야."

"나의" 국화들. 이것은 엄마가 그린 엄마의 여러 모습이
었다.

그리고 이 국화들은 틀에 끼워진 채 엄마의 거실 벽
에 진열되어 있었다.

감이 왔다.

비록 엄마의 그림 속에 어떤 실마리가 담겨 있고, 아
직 그 의미가 무엇인지는 모르지만, 여하튼 나는 단서
를 제대로 짚었다는 것과 이제 그 실마리를 풀어나가
야 한다는 것을 깨달았다. 때는 바로 지금이다. 칠흑같

이 어두운 한밤중. 아무도 이 사실을 모르고 있는 때, 특히 마이크로프트 오빠가 모르고 있는 이 순간 행동 개시를 해야 했다.

여자아이들은 통상 인형을 가지고 논다. 수년간 어른들은 내게 여러 인형을 선물주었다. 인형을 싫어했던 나는 기회가 있을 때마다 인형의 머리를 뽑아놓곤 했다. 그런데 지금에 와서 마침내 이 인형을 어떤 용도로 써야 할지 깨달았다. 금발 머리카락 인형의 속이 빈 두개골 안에 나는 엄마의 안채 문 열쇠를 숨기기로 했다. 이제 내가 열쇠를 다시 꺼내는 데는 잠깐이면 된다.

나는 석유램프의 심지를 낮추어 불을 줄인 다음 나머지 한 손에 초를 든 채 부드럽게 침실 방문을 열었다.

내 방에서 나와 복도 끝으로 가면 엄마의 안채로 들어가는 문이 있었다.

그곳은 지금 마이크로프트 오빠가 자고 있는 손님용 방의 바로 맞은편에 있었다.

나는 오빠가 잠들어 있기를 바랐다.

오빠가 한번 잠들면 잘 깨지 않는 사람이기를 바랐다.

맨발로, 한 손에는 촛대를, 또 다른 한 손에는 값진 열쇠를 쥐고, 나는 복도를 발끝으로 살금살금 걸어갔다.

마이크로프트의 잠긴 침실 문 뒤쪽에서 양지에 누워

노니는 돼지에게서나 날 법한 투박한 그르렁 소리가
들려왔다.

분명 오빠의 코골이 소리였다.

오, 오빠가 깊이 잠들었다는 징표렷다.

잘됐다.

나는 될 수 있는 한 조용히 엄마 안채의 잠금장치에
열쇠를 꽂아 돌렸다. 딸각 소리가 제대로 나지 않았다.
그래서 문손잡이를 한번 돌려보았더니 이번에는 제대
로 된 딸깍 소리가 들려왔다.

듣고 있자니 마이크로프트 오빠의 코골이가 자신의
호흡마저 방해하는 듯했다.

등 뒤로 오빠가 자고 있는 방 쪽을 쳐다보다가 순간
나는 꽁꽁 얼어붙었다.

어디선가 삐걱거리는 소리가 들려왔다. 아마도 마
이크로프트 오빠가 자세를 바꾸려고 뒤척이는 듯했다.
오빠의 침대가 삐걱거리고 있었다. 오빠는 다시 계속
해서 코를 골았다.

엄마의 안채 거실로 살금살금 들어가 손을 뒤로하고
문을 닫는데 안도의 한숨이 흘러나왔다.

초를 들어 올려 벽을 올려다보았다.

엄마가 그린 갖가지 종류의 꽃 수채화들이 눈에 들
어왔다.

촛불의 희미한 빛으로 그림들을 보기 위해 나는 두 눈을 크게 뜨고 사방의 벽을 샅샅이 뒤졌다. 그리고 마침내 암호 책자에 있는 것과 같은 금색과 적갈색의 국화꽃 그림을 찾았다.

발끝으로 서보니 액자의 밑부분에 겨우 손이 닿았다. 액자는 약한 재질로 만들어져 끝부분이 교차된 채 돌출돼 있었다. 엄마 방 가구처럼 대나무 가지 모양으로 깎아 만든 것이었다. 나는 못에 걸어놓은 액자를 조심스레 들어 올려 아래로 내렸다. 그러고는 수채화를 티 테이블 위로 옮겨놓고 그 뒤에 초를 놓은 다음 살펴보았다.

에놀라, 내 국화 안을 들여다보렴.

나는 엄마가 자신의 그림을 액자에 넣는 모습을 자주 보아왔다. 엄마는 액자 앞면을 아래로 향하게 하여 탁자에 놓은 후, 맨 밑에 매우 깨끗한 유리를 놓고, 그다음 두꺼운 종이에 색을 입혀 만든 속틀을 놓았다. 그러고 나서 수채화의 가장자리에 살짝 풀칠을 해 속틀에 붙이고, 뒷면을 흰색으로 칠한 얇은 나무판을 수채화 뒤에 댄 다음, 자그마한 못을 비스듬히 박아 그림을 고정시켰다. 마지막으로 엄마는 못을 가리고 먼지가 들어가지 않도록 액자 뒷면에 갈색 종이를 풀로 붙였다.

나는 그 국화 그림을 뒤집어 뒷면의 갈색 종이를 쳐다봤다.

그러고는 숨을 깊게 들이마신 후 손톱으로 한 모퉁이를 들어내가면서 종이를 안전히 벗겨보려 했다. 그런데 종이가 이내 한꺼번에 죽 벗겨져버렸다. 하지만 걱정할 필요는 없었다. 얇은 나무판과 갈색 종이 사이의 밑면에 뭔가가 아늑하게 자리하고 있었다. 뭔가가 접혀 있었다. 그것은 하얀 빛을 띠고 있었다.

바로 엄마가 넣어둔 메모였다!

엄마의 탈주를 해명하고, 후회하는 마음과 나에 대한 애정을 표현하는, 나아가 함께하자고 말해주는 그런 편지가 아닐까…….

제발, 제발, 심장이 사정없이 쿵쾅거리고 손가락이 와들와들 떨리는 가운데, 드디어 빳빳한 직사각형 모양의 종이를 꺼내들었다.

덜덜 떨리는 손으로 그 종이를 펼쳐보았다.

그래, 괜찮아. 그것은 엄마가 남겨둔 지폐note였다. 하지만 내가 바라던 메시지가 담긴 메모note는 아니었다.

그것은 100파운드짜리 잉글랜드 지폐였다. 보통 사람이 1년 꼬박 일해도 손에 넣을 수 없는 큰돈이었다. 하지만 돈은 내가 엄마에게서 바라던 것이 아니었다.

103

그날 밤 나는 실망감에 울다 지쳐 겨우 잠이 들었다. 하지만 다음 날 아침이 지나도록 곯아떨어진 나를 방해하는 사람은 아무도 없었다. 내가 아픈 게 아닌지 물어보려고 딱 한 번 레인 부인이 들어와 깨운 것을 제외하면 말이다. 내가 그저 피곤한 것뿐이라고 말하자 레인 부인은 이내 자리를 떴다. 나는 레인 부인이 복도에서 누군가에게, 아마도 그녀의 남편에게 말하는 소리를 들었다. "아가씨가 쓰러져 자고 있어요. 놀랄 일도 아니죠. 가엾은 어린 양."

나는 이른 오후가 돼서야 일어났다. 아침과 점심을 거른 탓에 허기가 지기는 했지만, 즉시 침대에서 일어나지는 않은 채로 잠시 동안 누워 내 상황을 냉철하게 생각해보았다.

잘됐어. 내가 바라던 건 아니었지만, 돈 정도면 상당한 성과지.

엄마는 내게 비밀리에 상당한 금액을 준 거야. 틀림없이 엄마가 마이크로프트 오빠에게서 받은 돈일 거야. 내가 가져도 될까? 사실 이 돈도 마이크로프트 오빠가 번 건 아니잖아. 아빠의 장손이라 그저 물려받은 것뿐이잖아.

104

이 돈은 대지주의 유산 덕분에 발생하는 수입이었다. 오랜 기간 동안 유지될 뿐 아니라, 매년 불어나는 임대 수입이었다. 그렇다면 엄마는 왜 이 돈을 그림 속에 남겨둔 것일까? 그것은 바로 펀델 홀과 그 사유지를 지키기 위해서였다.

사실 이 돈은 거실의 샹들리에가 그렇듯 이 집에 딸려 있는 돈이었다.

엄마의 집이었던, 또는 엄마의 집이어야 하는 이 집말이다.

법적으로 그 돈은 엄마의 돈도, 내 돈도 아니었다. 하지만 도의적으로 엄마는 이 법이 얼마나 불공평한지 내게 수도 없이 읊어댔었다. 가령, 여성이 글을 쓰거나 책을 출간하여 돈을 벌어도 그 수입은 모두 남편에게 돌아갔다. 이 얼마나 터무니없는 일인가?

마찬가지로, 마이크로프트 오빠가 단지 장남이라는 이유로 100파운드짜리 지폐를 그에게 돌려줘야 한다면 이 또한 얼마나 터무니없는 일인가?

합법은 집어치우고 내가 원하는 대로 하기로 마음먹었다. 도의적으로 그 돈은 내 돈이다. 엄마가 그동안 그 돈을 오빠의 소유로부터 빼앗아 확보하려고 많은 것을 감수하고 몸부림쳐왔기 때문이다. 결국 엄마는 그 돈을 아무도 모르게 내게 남겨둔 것이다.

얼마나 더 많은 실마리가 남아 있을까? 엄마는 내게 많은 암호를 남겼다.

엄마는 자신이 남긴 것들을 통해 내가 무엇을 하길 바란 걸까?

사실 사라지기 전 엄마가 그동안 내게 보여주었던 행동을 생각해보면, 나는 이미 그 답을 알고 있는지도 모른다. 비록 분명한 답은 아닐지라도 말이다.

7장

5주 후, 나는 준비를 마친 상태였다.

펀델 홀의 사람들은 내가 기숙학교에 갈 준비를 마쳤다고 생각했을 것이다.

하지만 사실 나는 꽤나 다른 종류의 모험을 떠날 준비를 마친 상태였다.

기숙학교 준비에 관해 말하자면 이러했다. 런던에서 도착한 재봉사는 한때 하녀가 머물던, 오랫동안 비워둔 방에 자리를 잡았다.

그녀는 집안에 있던 낡아빠진 발판 재봉틀을 보고는 한숨을 쉰 후 내 치수를 쟀다. '허리 20인치. 쯧쯧. 너무 굵어. 가슴 21인치. 쯧쯧. 너무 심하게 작네. 엉덩이 22인치. 쯧쯧. 굉장히 부적절해. 하지만 문제없어. 조정해서 맞추면 되지.' 그런 다음 재봉사는, 엄마였다면 펀델 홀에 절대 들이지도 않았을 그런 종류의 패션 잡지에서 아래의 광고를 찾아냈다.

확대 보정기: 마른 체형을 확실하게 보정해주는 아이디얼 코르셋. 말로는 이 코르셋의 매력적인 효과를 표현할 수 없습니다. 세상에 어떤 다른 코르셋도 이 코르셋이 내뿜는 매력에는 범접할 수도, 도달할 수도 없죠. (부드러움, 가벼움, 편안함을 결합해 개선한 것은 물론이고) 안쪽에 부드럽고 푹신한 조절기가 있어 우아한 곡선으로 아름답게 균형 잡힌 가슴을 만들어줄 뿐 아니라, 어떤 풍만함도 마음대로 조절해줍니다. 송금 즉시 일반 소포로 배송되며, 만족하지 않을 시 돈은 돌려드립니다. 쓸모없는 대용품 따위는 멀리하세요.

예상대로 이 코르셋은 주문되었고, 재봉사는 단정하고 어두운 톤의 내 옷들을 만들기 시작했다. 그 옷들에는 내 목을 조이도록 고래수염으로 높이 세워 만든 리브드 칼라(편직물에 겉과 안 모두 세로 골이 나타나고 특히 옆 방향으로 신축이 잘 되는 리브 짜기의 니트지를 배합한 깃-역주)가 달려 있었고, 숨을 막히게 할 정도로 압박하는 허리 밴드가 있었다. 또 안쪽은 단에 주름 장식이 달린 여섯 겹의 펄럭거리는 실크 페티코트로 되어 있었고, 스커트는 바닥에 질질 끌려 거의 걸을 수도 없을 정도로 길게 늘어져 있었다. 처음에 재봉사는 허리 사이즈 19.5인치짜리 옷을 두 벌 만들자고 해놓고는, 내가 자라면서 사이즈가 줄어들 거라며 19인치짜리 옷을 두 벌 만들었다가, 다시 얼마 지나지 않아 허리 18.5인치짜리 옷과 이보다 더 작은 사이즈 옷을 만들었다.

한편 셜록 홈즈가 보내온 갈수록 간결해지는 전보에는 엄마에 대한 언급은 전혀 없었다. 셜록 오빠는 엄마의 오랜 친구들이며, 동료 예술가들이며, 서프러지스트 동료들을 샅샅이 다 찾아냈다. 심지어 프랑스에까지 건너가 엄마의 먼 친척들인 버넷 가문을 만나보기도 했다. 하지만 모두 헛수고였다. 나는 엄마에 대해 다시 걱정하는 마음이 들기 시작했다. 왜 천하의 위대한 탐정인 오빠도 엄마를 찾아낼 수 없었던 걸까? 결국 엄마에게 어떤 사고라도 닥친 것은 아닐까? 아니면 설상가상으로 악독한 범죄에라도 연류된 것일까?

하지만 재봉사가 첫 번째 옷을 완성하던 날, 엄마를 걱정하던 내 생각은 변했다.

그날은 앞과 옆 조절기는 물론 특허받은 허리받이와 함께 (약속한 대로 신중하게 갈색 종이 포장지로 싼 채 배송되어 온) 아이디얼 코르셋을 입기로 한 날이었다. 그렇게 되면 아마도 평소 앉던 어떤 의자에도 등을 대고 편히 앉게 될 일은 없을 것이다. 또한 나는 머리를 뒤로 틀어 올려 내 두피를 쑤셔댈 머리핀으로 단단히 고정할 예정이며, 꼬챙이를 꽂아 고정시킨 인조 곱슬머리를 마찬가지로 이마 전체에 씌울 예정이었다. 그뿐 아니라 나는 이 빌어먹을 머리치장에 걸맞은 새 옷을 입고, 고통스러운 새 신발을 신고, 어린 숙녀가 되는 연습을 위해 현관을 어기적거리며 걸어다녀야 했다.

그날, 비록 논리적이지는 않지만, 엄마가 어디로 갔는지에 대한 확실한 깨달음이 왔다. 엄마는 머리핀도 없고, (아이디얼이든 아니든) 코르셋도 없으며, 특허받은 허리받이도 없는 어딘가로 간 것이 틀림없다.

한편, 마이크로프트 오빠는 기숙학교와 관련한 모든 수속을 다 밟았다는 전보를 보내왔다. 이러이러한 날에 이러이러한 '예비 신부 학교'에 가야 한다는 내용과 그 학교까지 레인 씨가 배웅하도록 하겠다는 내용이었다.

하지만 이보다 중요한 것은 나 자신의 모험이었고, 그 준비에 관하여 말하자면 이러했다. 나는 잠옷 위에 입는 가운을 걸친 채 될 수 있는 한 방에서 나가지도 않고, 꾸벅꾸벅 졸며 지내다가 신경쇠약을 호소하기도 했다. 내게 자주 칼프 풋 젤리(송아지 다리를 삶아서 추출

한 젤라틴에 레몬주스와 와인을 넣어 굳힌 것-역주) 등을 만들어주던(병약자들이 아파서 쇠약해지는 건 놀랄 일도 아니다) 레인 부인은 어찌나 걱정이 되었던지 마이크로프트에게 연락을 취해 이야기를 나눴다. 하지만 마이크로프트는, 아침 식사로 오트밀이 나오고 울로 된 옷을 입도록 하는 기숙학교가 내 건강을 회복시킬 거라며 레인 부인을 확신시켰다. 그럼에도 불구하고 그녀는 마을 약제상을 불렀고, 나중에는 런던 할리에 있는 병원 의사를 펀델까지 오게 했다. 하지만 그 누구도 내 몸의 문제가 무엇인지 알아내지는 못했다.

그럴 수밖에 없었다. 왜냐하면 나는 단순히 코르셋과, 머리핀과, 꽉 조이는 신발 등을 피하고, 내친 김에 그간 못 잔 잠도 보충하고 있었을 뿐이기 때문이다. 내가 매일 밤 이 집의 모든 사람들이 잠자리에 든 것을 확인한 후, 그 암흑의 시간 동안 깨어 있으면서 내 암호 책자를 살펴보고 있었을 줄은 아무도 알지 못했다. 나는 결국 암호를 즐기게 되었다. 뭔가를 찾는 게 즐겁기도 했고, 특히 엄마의 암호는 그것을 즐길 새로운 방법을 알려주었다. 먼저 암호의 숨은 의미를 찾은 다음, 보화와도 같은 돈을 찾게 해주는 그런 방법 말이다. 각 암호를 풀 때마다 나는 엄마의 방을 들렀고, 엄마가 나를 위해 남몰래 숨겨둔 더 많은 돈을 찾고자 노력했다.

개중에는 내가 풀지 못한 암호도 일부 있었는데 그럴 때면 나는 너무 화딱지가 나서 엄마가 소유한 모든 수채화의 뒷면을 뜯어내버리기도 했다. 하지만 그건 분별없는 행동이었다. 그림의 수도 어마어마하게 많았을 뿐더러, 모든 암호가 그림을 가리키는 것도 아니었기 때문이다.

가령, 내 암호 책자 중 한 페이지에는 말뚝 울타리를 따라 치렁치렁 감긴 담쟁이덩굴이 그려져 있던 게 있었다. 그때 나는 그 페이지에 쓰여 있는 암호는 보지도 않은 채 즉시 담쟁이덩굴을 그린 수채화를 살펴보려고 몰래 엄마 방에 들어갔다. 그러고는 담쟁이덩굴을 그린 그림 두 점을 찾아 뒷면을 벗겨보았다. 하지만 그림 안에는 아무것도 없었다. 그렇게 시무룩한 상태로 방으로 돌아오고 나서야 나는 암호를 제대로 쳐다봤다.

AOEOLIMESOK

LNKONYDBBN

도대체 이게 무슨 뜻일까? 나는 『꽃말』이란 책에서 담쟁이덩굴의 의미를 찾아봤다. 달라붙는 성질의 덩굴식물은 '배우자에 대한 신의'를 뜻했다. 이 말이 가슴에 와 닿긴 했지만, 이 내용은 내게 별로 도움이 되지 않

았다. 나는 잠시 동안 암호를 쏘아본 후에야 아랫줄의
첫 두 단어와 윗줄의 첫 세 단어를 합해 내 이름을 뽑
아낼 수 있었다. 그런 다음 말뚝 울타리 그림의 위아래
로 다소 부자연스럽게 갈지자로 나 있는 담쟁이덩굴
을 엄마가 어떻게 그렸는지 눈치챌 수 있었다. 또 담쟁
이덩굴은 오른쪽에서 왼쪽으로 자라고 있었다. 눈을 굴
리면서 나는 똑같은 패턴을 따라 암호를 다시 써봤다.

KNOBSBEDMYINLOOKENOLA

KNOBS BED MY IN LOOK ENOLA

이제 단어를 오른쪽에서 왼쪽으로 읽으면 아래와 같다.

ENOLA LOOK IN MY BED KNOBS
에놀라 내 침대의 다리받침 안쪽을 보렴

나는 자리에서 일어나 발끝으로 살금살금 걸어가 밤
새도록 엄마 침대의 다리받침들을 떼어냈다. 그랬더니   113
놀라운 액수의 지폐가 황동 침대 다리 안에 빽빽이 채
워져 있었다.

이번엔 내가 내 침대 내부에 현명한 은닉처를 찾아

놓아야 할 차례다. 그래야 레인 부인이 가끔 걸레를 들고 무단으로 내 방에 들어올 때 아무것도 발견하지 못할 것이다. 그러고 보니 내 방 커튼을 걸 때 쓰는 막대기가 엄마의 침대 다리처럼 황동으로 만들어진 데다 끝에 뚜껑 겸 손잡이도 달려 있어 딱 알맞아 보였다.

나는 이 모든 일을 레인 씨가 새벽에 일어나기 전까지 마무리해야 했다.

대체로 낮보다는 밤이 내가 활동하고 다니기에 훨씬 수월했다.

하지만 정작 내가 가장 바라던 것은 찾지 못했다. 엄마가 쓴 작별인사 메모라든지, 애정 어린 관심이나 설명이 담긴 메모 같은 것은 발견하지 못했다. 하지만 솔직히 말해 현시점에 그렇게 많은 설명이 필요하지도 않았다. 엄마가 오빠들을 속인 이유가 적어도 부분적으로는 나 때문이라는 것을 알았기 때문이다. 엄마가 매우 현명한 방법으로 남긴 돈도 내게 자유를 주기 위해서라는 것을 알았다.

그러므로 햇살이 눈부시게 빛나던 어느 늦은 8월의 아침, 나는 엄마 덕분에 내가 알던 유일한 집에서 벗어나도록 해주는 교통편 좌석에 올라탄 채 약간은 긴장되지만 놀라움 가득한 희망에 부풀어 있었다.

레인 씨는 마을 농부에게서 말과 함께 좌석이 포장 의자로 되어 있는 하이브리드형 짐마차인 '트랩'을 빌렸다. 그다지 멋진 마차는 아니었지만 나는 그 마차를 타고 편안하게 기차역으로 이동할 예정이었다.

"비가 안 왔으면 좋겠어요." 나를 배웅하기 위해 진입로에 서 있던 레인 부인이 말했다.

몇 주 동안 비는 오지 않았다. 내가 엄마를 찾으러 간 이후로도 죽 오지 않았다.

"안 올 것 같아." 레인 씨는 이렇게 말하면서 내가 숙녀처럼 마차 자리에 앉을 수 있도록 손을 내밀었다. 그는 한 손에는 염소 가죽 장갑을 끼고 있었고, 다른 한 손에는 주름 장식이 있는 내 하얀색 양산을 들고 있었다. "하늘에 구름 한 점 없군."

나는 레인 씨 부부에게 미소를 지으며 내 허리받이 쪽을 먼저 안으로 들이밀었다. 그런 다음 내가 들어가 앉고, 그다음으로 마차를 몰 덕이 앉았다. 허리받이가 뒷좌석을 잔뜩 차지하고 있는 것과 마찬가지로, 레인 부인이 유행을 따라 꾸며준 내 머리카락도 머리 뒤쪽을 가득 메우고 있었다. 그 때문에 리본으로 장식한 담황색 정찬용 접시(식사 때 주요한 음식을 담는 크고 편편한 접시-역주)처럼 생긴 내 모자도 눈 위쪽으로 기울어져 있었다. 거기에 내가 이 날을 위해 신중히 고른 회갈색 정장은 별 특징도 없는 데다 정말이지 색깔도 볼품없었다. 나는 여기에 19.5인치짜리 허리 밴드를 차고, 풀스커트(폭이 넓고 여유 있는 헐렁한 치마의 총칭-역주)와 컨실링 재킷도 곁들여 입었다. 또한 재킷 아래 스커트의 허리 밴드 단추는 풀어놓아, 될 수 있는 한 나 혼자서도 쉽고 편안하게 코르셋을 착용할 수 있도록 했다. 그렇게 해야 숨도 좀 쉴 수 있었다.

"어느 모로 보나 숙녀 같아요, 에놀라 아가씨," 레인 씨가 말하면서 내 뒤에 섰다. "분명 아가씨는 펀델 홀의 자랑거리가 될 겁니다."

레인 씨는 거의 아무것도 몰랐다.

"아가씨가 그리울 거예요." 레인 부인의 목소리가 떨렸다. 순간 마음이 아팠다. 세월의 흔적이 어려 있는 레인 부인의 온화한 얼굴에 눈물 자국이 보였기 때문이다.

"고마워요." 나는 다소 뻣뻣하게 말하며 마음을 단단히 먹었다. "딕, 출발해주세요." 정문까지 가는 내내 나는 말의 귀만 빤히 쳐다보고 있었다. 마이크로프트 오빠가 사람을 고용해 사유지의 잔디를 '말끔히 정돈하라'고 했기 때문이다. 나는 내 찔레나무가 잘리는 모습을 보고 싶지 않았다. "안녕히 가세요, 에놀라 아가씨. 행운을 빌게요." 경비원이 우리를 위해 문을 열어주며 말했다.

"고마워요, 쿠퍼."

말이 빠른 걸음으로 키네포드를 헤치고 나아갈 즈음, 나는 안도의 한숨을 내쉬었다. 그러고는 천천히 주위를 둘러보며 작별을 고했다. 정육점과 채소 가게, 검은색 나무 기둥이 있는 흰색 초가지붕의 작은 주택, 선술집과 우편 전신국, 경찰 지구대, 커다란 밀짚 지붕 아래 작은 창문들이 반짝이는 튜더 양식의 작은 집들, 여관과 대장간, 목사관, 이끼로 뒤덮인 슬레이트 지붕이 있는 화강암 구조 예배당, 묘지 위 여기저기로 기울어진 묘비들, 그 모두에게.

빠른 속도로 달리는 마차 안에서 나는 마치 내가 미리 말할 시점을 생각해두기라도 한 것처럼 불쑥 입을 열었다. "딕, 멈춰요. 아빠에게 작별인사를 하고 싶어요."

딕이 말을 멈춰 세웠다. "방금 뭐라고 하셨죠, 에놀라 아가씨?"

딕을 다루려면 충분하고도 간단한 설명이 필요했다. "아빠 무덤에 들르고 싶어요." 나는 딕이 수긍할 수 있도록 한 번에 하나씩 이야기했다. "예배당에서 아빠를 위한 기도도 드리고 싶어요."

불쌍한 아빠, 아빠가 이런 식의 기도를 바라지는 않았을 텐데. 엄마에 따르면 논리학자이자 무종교인인

117

아빠는 장례식을 원하지 않았다. 다시 말해 아빠는 화장을 원했다. 하지만 아빠가 돌아가신 후 그 바람은 무산되었다. 화장할 경우, 장례식을 치러야 하는 관례가 깨졌다는 비난에서 키네포드도 결코 자유로울 수 없다는 우려 때문이었다. 딕이 걱정스러운 말투로 느릿느릿 말했다. "저는 기차역으로 가야 해요, 아가씨."

"시간은 많잖아요. 저를 기다리는 동안 선술집에서 맥주 한잔하세요."

"아! 그러면 되겠네요." 그는 말을 돌려 예배당 쪽에 멈춰 세웠다. 딕이 나에 대해 지켜야 할 매너를 기억할 때까지 우리는 잠시 그대로 앉아 있었다. 그제야 딕이 말고삐를 단단히 고정시키고 마차에서 내리더니, 내가 내리는 것을 도와주기 위해 내 쪽으로 왔다.

"고마워요," 그의 꾀죄죄한 손에서 내가 장갑 낀 손을 빼내며 말했다. "10분 후에 여기로 돌아와주세요."

물론 터무니없는 요청이었다. 나는 딕이 30분 또는 그 이상을 선술집에 죽치고 있으리라는 것을 알고 있었다.

118

"네, 아가씨." 딕이 모자에 손을 대고 경의를 표했다.

그가 마차를 몰고 떠나자, 나는 소용돌이 주름치마를 펄럭거리며 빠른 걸음으로 예배당으로 들어갔다. 내가 기대하고 바라던 대로, 예배당 안에는 아무도 없었다.

나는 텅 빈 신도석을 훑어본 후 씩 웃으며 양산을 헌옷
자선 헌금함에 던지고, 무릎 위로 치마들을 한껏 끌어
올리고는 황급히 뒷문으로 달려갔다.

바깥으로 나간 후에는 햇빛이 드는 묘지로 들어갔다.

그러고는 위태롭게 서 있는 묘비 사이 논두렁을 따
라 나 있는 좁고 꼬불꼬불한 길 아래로 냅다 달렸다.
혹시라도 마을 거리를 지나고 있는 누군가에게 들킬까
봐서였다. 그렇게 해서 예배당 구내의 맨 아래쪽 울타
리에 다다랐을 즈음에는 층계를 뛰어오르다시피 하여
오른쪽으로 돈 다음 더 멀리 내달렸다. 그렇다. 나는 정
말 그렇게 했다! 거기에 울타리 아래 숨겨둔 내 자전거
가 대기하고 있었기 때문이다. 어제 가져다놓은 자전
거 말이다. 사실 어제라기보다는 간밤에 가져다놓았다.
새벽 한두 시경, 거의 보름달이 되어가던 달빛에 의지
한 채.

자전거 앞쪽에는 바구니를, 뒤쪽에는 상자를 실었다.
그렇게 앞뒤 양쪽에 샌드위치와 피클, 삶은 달걀, 물병
을 싣고, 사고가 날 경우를 대비한 붕대는 물론 타이어
수리 장비, 헐렁한 반바지, 편안한 낡은 검은색 부츠,
칫솔 등을 가득 담았다.

회갈색 정장 안쪽으로도 나는 앞과 뒤에 주머니를
둘렀다. 앞쪽에 두른 것은 엄마의 옷장에서 슬쩍 꺼내

119

온 재료로 손수 남몰래 꿰매 만든 가슴 보정기 모양의 주머니였고, 뒤쪽에 두른 것은 허리받이를 변형해서 만든 주머니였다.

엄마는 집을 떠나면서 왜 허리받이는 입고, 허리받이 안을 채웠던 말 털로 만든 물건은 꺼내두고 갔을까?

그 답은 이제 명확해졌다. 허리받이 안에다 가출에 필요한 짐을 숨기기 위해서였다.

거기다 빈약한 가슴이라는 축복을 타고난 나는 엄마의 아이디어를 한 단계 발전시켰다. 나는 여러 보정기와 조절기를 펀델 홀에 남겨두었다. 음, 실은 굴뚝에 쑤셔 넣고 왔다. 그런 다음 내 옷 속 그 장치들이 있던 자리에 여러 주머니를 달아 그 주머니 안에 지폐 뭉치를 숨겨두었다. 아울러 신중하게 고른 여분의 드레스를 접은 후 페티코트 사이에 단단히 고정시켜놓아 치맛자락이 완벽하게 채워지도록 했다. 내 옷에 달린 여러 주머니에는 손수건 한 장과 비누 한 장, 빗과 솔빗, 소중한 암호 책자와 후자극제(특히 과거 병에 넣어 보관하다가 의식을 잃은 사람의 코 밑에 대어 정신이 들게 하는 데 쓰던 화학 물질-역주)는 물론, 에너지 보충용 사탕 등을 넣었다. 그렇게 전부 넣고 보니 내 몸에 두른 필수품은 정말이지 증기선 침실의 침대 밑 트렁크를 한가득 메울 만한 엄청난 양이었다.

나는 자전거에 펄쩍 올라탄 후 페티코트와 스커트가 발목을 잘 덮도록 한 다음 페달을 굴려 마을을 가로질러 갔다. 유능한 자전거 선수는 자전거 도로가 따로 필요 없는 법이다. 나는 농장 길을 따라 얼마간 방목지를 달렸다. 땅이 쇠처럼 굳어 있어 내가 지나간 자리는 아무런 흔적도 남지 않을 것이다.

아마도 내일이면 위대한 탐정인 셜록 오빠가 실종된 엄마뿐 아니라, 실종된 여동생의 소재를 파악하려고 시도할 것이다.

그는 내가 자기를 피해 달아났다고 예상할 것이다. 그러니 나는 오빠가 있는 쪽을 피해 가지 않을 것이다. 오히려 오빠가 있는 쪽으로 달아날 것이다.

셜록 오빠는 런던에 살았다. 그건 마이크로프트 오빠도 마찬가지였다. 그런 이유로, 더더구나 런던은 가장 크고 위험한 도시이기도 하기 때문에, 오빠들 중 누구도 내가 위험을 무릅쓰고 감히 런던으로 떠날 것이라고는 꿈에도 모를 터였다.

그러므로 나는 런던으로 갈 것이다.

오빠들은 아마 내가 소년으로 변장하리라 예상할 것이다. 내 헐렁한 바지에 대해 들어봤을 가능성이 높을 뿐 아니라, 셰익스피어 작품이나 다른 소설 작품에서 보면 도망가는 소녀들은 늘 소년으로 변장하기 때문이다.

그러므로 나는 그렇게 하지 않을 것이다.

무릎을 간신히 덮는 옷차림에 키 크고 마른 평범한 아이인 나를 이미 만나보았던 터라 그런 나에 대해서 오빠들이 결코 상상도 못 할 모습으로 변장할 것이다.

나는 성인 여자로 변장할 것이다.

그러고서 엄마를 찾기 시작할 것이다.

8장

자전거를 타고 대로를 이용해 런던으로 곧장 갈 수도 있었지만 그것은 절대 안 될 말이었다. 너무나도 많은 사람에게 노출될 경로였기 때문이다. 비논리적일 수도 있지만, 사실 내가 바라는 런던행 계획은 간단히 말해서 무계획이다. 나 스스로도 런던으로 가는 경로를 정확히 알지 못한다면, 오빠들인들 어떻게 내 향방을 추측할 수 있겠는가?

물론 오빠들은 가설을 세워 아마 이렇게 말할 것이다. "어머니가 에놀라를 베스에 데려간 적이 있으니 거기 갔을지도 몰라." 혹은 이랬을지도. "에놀라 방에서 웨일스에 대한 책을 봤는데 그 책 지도에 연필 자국이 있었어. 에놀라는 아마 거기 갔을 거야." (내가 가짜 단서로 인형 함에 놓아둔 그 책을 오빠들이 찾기 바랐다. 그런가 하면 들고 오기엔 너무 컸던 『꽃말』은 아래층 도서관에 있는 수백 권의 다른 두꺼운 책들 사이에 숨겨놓았다.) 마이크로프트 오빠와 셜록 오빠는 귀납적 추리를 적용할 것이다. 그러므로 나는 운에 맡길 것이다. 동쪽 길을 따라 그 길이 이끄는 대로 갈 것이다. 험한 자갈길이든 어떤 길이 됐든 다만 내 자전거 타이어 흔적을 가장 적게 남길 길을 따라갈 것이다.

내가 하루하루 어디에 머물게 될지는 중요치 않았다. 나는 빵과 치즈로 저녁을 때울 것이고, 집시처럼 노숙을 할 것이고, 결국 이리저리 헤매다 철로를 발견할 것이다. 그리고 어느 철로든 그 철로를 따라가다 보면, 역을 찾게 될 것이다. (오빠들이 분명히 나에 대해 물어보고 다닐 장소인) 처설리아 역만 아니라면 영국에 있는 어떤 역이어도 상관없다. 모든 철로는 런던으로 통하기 때문이다.

17인치 허리와 아침용 오트밀, 울 속옷과 결혼 준비는 물론, 어린 숙녀로서 쌓아야 할 교양 등과는 이제 안녕이다.

124   그렇게 자전거를 타고 풀로 뒤덮인 길을 따라 소 방목지를 가로질러 확 트인 황야로 나가면서 내가 유일하게 알고 자란 지역을 벗어난다는 사실에 기분이 짜릿했다.

이런 내 마음처럼 머리 위 푸른 하늘의 종달새들도 행복하게 지저귀었다.

계속 샛길을 따라 마을을 피해 갔던 터라 가는 도중에 만난 사람은 얼마 되지 않았다. 자전거를 탄 상류층 여성을 보고도 놀라지 않는 농부가 가끔씩 자신의 순무 밭에서 위를 올려다볼 뿐이었다. 그도 그럴 것이 어느새 자전거 타기를 즐기는 모습은 갈수록 흔한 광경이 되었다. 실제로 마차가 다니는 자갈길에서 베이지색 옷을 입은 또 한 명의 자전거 타는 여성을 만났고, 우리는 지나가면서 서로 고개를 끄덕였다. 그녀는 열심히 페달을 밟느라 얼굴이 빨갛게 달아올랐다. 알다시피 말들도 땀을 흘리고, 남자들도 땀을 흘리는데, 여성들은 땀을 흘리기보다 얼굴이 빨갛게 달아오른다. 분명히 나 또한 얼굴이 빨갛게 달아올랐을 것이다. 사실 얼굴뿐 아니라, 강철 늑골과 같은 코르셋이 내 옆구리를 쿡쿡 찔러댔기 때문에 코르셋의 안쪽 또한 후끈후끈 달아올랐다.

태양이 머리 위로 뜰 때쯤, 이제 오찬도 들 겸 쉬어야 할 때가 된 듯했다. 전날 밤 한숨도 못 잔 터라 더욱더 휴식이 필요했다. 가로퍼진 느릅나무 아래 이끼 방석에 머리를 대고 눕고 싶은 마음이 굴뚝같았다. 하지만 식사를 마친 후에도 나는 억지로 자전거 위에 올라타 계속해서 페달을 굴리며 앞으로 나아갔다. 누군가가 나를 쫓기 전에 될 수 있는 한 먼 곳으로 가야 했기 때문이다.

그날 오후, 집시에 대한 생각을 충분히 정리한 나는 둥근 윗부분이 밝은 색으로 칠해진 하우스 웨건(house wagon, 안에서 거주가 가능한 마차 – 역주) 안에서 유목민 무리를 만났다. 사실 대부분의 상류층 사람들은 집시를 경멸했다. 하지만 엄마는 때때로 집시들이 펀넬 사유지에서 야영을 할 수 있도록 해주었고, 아이였던 나는 그들에게 매료됐었다. 지금도 나는 자전거를 멈춰 세우고 집시들이 이끄는 말들을 뚫어져라 쳐다보고 있다. 형형색색의 수많은 말들이 이처럼 더운 날씨에도 머리를 홱 치켜들고 어찌나 껑충거리며 지나가는지 녀석들을 앞으로 몰기보다 멈춰 세워야 할 정도였다. 나는 마차를 탄 유목민들을 향해 서슴없이 손을 흔들었다. 지구상에 존재하는 모든 사람 중에 집시들만큼 경찰과 상관없이 지내는 사람도 없을 터였기 때문이다. 남자들은 험악한 얼굴로 내 인사를 그냥 지나쳐버렸지만, 모자도 쓰지 않고, 어깨에 두르는 숄도 없이 목은 그대로 드러낸 채, 장갑조차 끼지 않은 일부 여자들과 누더기를 걸친 아이들은 하나같이 손을 흔들며 꺄악 소리 지르기도 하고, 구걸하며 부르기도 했다. 사실 레인 부인이라면 그들을 가리켜 파렴치하고 추잡하며 도벽이 있는 패거리라고 불렀을 것이다. 나도 기본적으로는 그 말이 맞는다고 생각한다. 하지만 내 주머니에 동전이 있었더라면, 조금이라도 던져줬을 것이다.

그날 오후 시골길에서 나는 여기저기 이동 중인 한 행상인도 만났다. 그의 마차에는 양철 제품과 우산, 바구니와 바다 수세미, 그리고 새장과 빨래판 등 거의 없는 것 없이 온갖 종류의 잡다한 물건이 매달려 있었다. 나는 거기서 내가 무얼 사려고 하는지는 살짝 숨긴 채, 행상인을 불러 세워 구리 주전자에서부터 자라 등딱지로 만든 뒷머리용 빗에 이르기까지 그가 소유한 모든 물건을 보여달라고 했다. 그러고 난 뒤 그중에서 내게 정말로 필요한 한 가지 물건을 샀다. 바로 여행용 손가방이었다.

나는 구입한 여행용 손가방을 자전거 핸들에 걸어놓고 계속해서 페달을 밟았다.

자전거를 타고 달리며 둘러보자니 도보 여행객들은 물론, 사두마차에서부터 당나귀가 끄는 수레에 이르기까지 다양한 탈것에 몸을 싣고 이동하는 여행객들이 시야에 들어왔다. 하지만 계속 그렇게 달리다 보니 어느새 피로가 몰려오면서 머리까지 몽롱해져왔다. 이윽고 밤이 찾아올 무렵에는 온몸이 쑤시고, 몸도 완전 녹

초가 되었다. 여태껏 경험해보지 못한 종류의 피로감이었다. 하지만 힘든 것을 견뎌가며, 너도밤나무 숲이 있는 꼭대기를 향해 석회암이 즐비한 낮은 언덕을 겨우겨우 기어 올라갔다. 그렇게 양들이 뿌리까지 뜯어먹은 풀밭 위로 자전거를 밀기도 하고 자전거에 기대기도 하면서 일단 나무들로 뒤덮인 은신처에 도달한 나는, 자전거를 내팽개치듯 넘어뜨린 후 흙과 더불어 지난해부터 쌓였을 법한 낙엽으로 뒤덮인 곳에 쓰러져 누웠다. 내일 다시 저 자전거에 올라탈 힘을 되찾을 수나 있을지 염려스러운 마음이 한가득 차오르면서 아침에 충만했던 기분이 저녁이 되자 의기소침해졌다.

나는 그 자리에서 금방이라도 잠이 들 수 있을 것 같았다. 그런데 만약에…… 그때 처음으로 '비가 오면 어쩌지?' 하는 생각이 들었다.

가쁜 숨을 고르며 엎드려 있자니 무계획이라는 내 계획이 한층 어리석어 보였다.

잠시 절망감에 싸여 있다가 이내 마음을 추스르고 가까스로 휘청거리며 일어나 은신처로 삼을 만한 좀더 어두운 곳으로 걸어갔다. 그리고 거기서 모자와 머리핀은 물론 내내 고통스러움만 안겨주었던 코르셋과 함께 몸에 두르고 있던 짐을 가차 없이 벗어버렸다. 너무 지쳐 음식 생각조차 안 났다. 나는 다시 땅에 콕 거꾸러져서는 유일한 덮을 거리인 페티코트와 흙으로 뒤범벅된 회갈색 정장을 덮어쓰고 몇 분 만에 곯아떨어졌다.

그렇게 나는 낮에는 자고, 밤에는 활동하는 야행성이 되었다. 하지만 때로는 활동할 시간을 지나 늦은 밤에 깨기도 했다.

그런 경우 더는 잠도 오지 않고 배만 고파 죽을 지경이 되었다.

그런데 하필 오늘 밤엔 달도 없다. 게다가 하늘은 온통 구름으로 뒤덮여 있었다. 정말 비가 올 모양이었다. 이렇게 달빛도 별빛도 없이 캄캄한 속에서는 자전거 박스에 싸온 음식도 꺼낼 수가 없었다. 게다가 챙겨온 성냥 통까지 어리석게도 음식과 같이 넣어두었다. 더듬거리며 걷다가 우연히 발이라도 걸려 자전거를 찾게 되면 다행으로 여겨야 할 판이었다.

'빌어먹을.' 나도 모르게 탄식이 흘러나왔다. 비틀거리며 걷다가 너도밤나무 잔가지에 얼굴과 옷이 긁혀버린 것이다.

하지만 다음 순간, 음식에 대해서는 까맣게 잊었다. 일어선 채 한 곳을 응시했다.

그리 멀지 않은 곳에서 빛이 보였기 때문이다.

가스등이었다. 언덕 꼭대기의 나무 몸통 사이로 저

129

멀리 반짝이는 모습이 언뜻 지상에 묶인 별 같았다.

마을이 보였다. 나는 그 언덕 한편으로 올라간 적이 있었다. 하지만 그땐 너무 녹초가 된 상태였던 터라 그 맞은편에 마을이 있다는 것도 깨닫지 못했었다.

그냥 마을이라기보다는 가스등이 놓여 있을 정도로 커다란 마을이었다.

그렇다면 아마 기차역도 있겠지?

때마침 어두운 밤하늘을 가로지르는 기차의 기나긴 테너 음 소리가 귓가에 들려왔다.

다음 날 이른 아침, 나는 너도밤나무 숲을 빠져나왔다. 그렇게 서두른 건 아무에게도 들키고 싶지 않았기 때문이다. 누군가 나를 알아챌까봐서는 아니고, 원시적 은신처에서 잘 차려입은 과부 복장의 웬 여자가 여행용 손가방을 들고 나오는 게 약간 이상해 보일까봐서였다.

그렇다, 과부. 나는 엄마 옷장에서 꺼내온 검은 의상을 머리끝에서 발끝까지 두르고 있었다. 당연히 주로 결혼한 여성이 입는 옷인 만큼 내 나이보다 십 년 또는 그 이상은 들어 보이게 하는 복장이었다. 그렇지만 그 복장은 검은색의 낡고 편안한 부츠를 신어도 튀어 보이지 않았을 뿐더러 혼자서도 머리를 쪽 지어 연출할 수 있기에 지금 내 상황에 안성맞춤이었다. 무엇보다 그 옷을 입으면 거의 아무도 나를 알아채지 못한다는 점이 맘에 들었다. 그도 그럴 것이 검은색 펠트 모자의 챙에 달린 검은색 베일이 내 머리 전체를 감싸고 있어 마치 벌집이라도 급습할 작정인 사람처럼 보이게 했다. 또 검은색 키드 가죽(장갑용 새끼 염소 가죽-역주)은 결혼 반지가 없는 내 손을 가려주었다. 나는 이런 세밀한 부분까지도 신경 써서 챙겼다. 또한 칙칙한 검은색 실크는 내 턱에서부터 검은 부츠를 신은 발가락까지 전부 가려주었다.

십 년 전, 엄마는 더 말랐었다. 그래서 코르셋을 간신히 조이고 난 후 입은 엄마 옷은 내게 아주 잘 맞았다. 아, 이 코르셋만큼 내가 즉흥적으로 고안한 짐들을 적재적소에 넣고 다니기에 유용한 게 또 있을까? 그간 자전거에 싣고 다니던 짐을 지금은 여행용 손가방이나 주머니에 넣고 다녔다. 레티큘(보통 천으로 만들어 끈을 당겨 여미게 되어 있는 여성용 지갑-역주)을 달랑거리며 들고 다니는 게 싫었던 엄마는 옷마다 전부 넓은 주머니를 달아 손수건과 레몬 맛 나는 사탕, 그리고 동전 등을 넣고 다녔다. 고지식할 정도로 독립을 추구하던 엄마, 내게 자전거를 타는 방법을 가르쳐준 엄마에게 신의 은총이 있기를! 문득 그 충직하던 '기계 말(자전거)'

을 너도밤나무 숲에 버리고 와야 했던 게 안타까웠다. 하지만 그 추한 회갈색 정장을 버리고 온 건 절대 후회 스럽지 않았다.

동틀 녘 희부연 어스름 속에서 나는 비탈 아래 산울 타리를 따라 천천히 내려갔다. 어제 치열하게 달린 탓에 몸이 아주 뻐근한 상태였다. 하지만 곧 이 통증과 고통이 실은 축복이라는 것을 깨달았다. 덕분에 내 변장에 맞는 숙녀다운 걸음걸이로 자갈 덮인 길을 따라 마을로 내려갈 수 있었다.

마을 안으로 들어오니 어렴풋이 밝아오던 새벽빛이 희뿌예지면서 금방이라도 비를 뿌릴 기세였다. 가게 주인들은 막 덧문을 열고 있었고, 얼음 장수들은 척추 굽은 늙은 말을 수레에 매어 자기 구역을 돌고 있었다. 하품을 하면서 배수로에 오물을 붓고 있는 하녀, 누더기를 걸친 채 여기저기 거리를 휩쓸고 다니는 여인도 있었다. 신문 파는 아이들은 조간신문 묶음을 인도와 차도 사이로 던지며 다녔고, 한 성냥팔이 걸인은 길 한 구석에 앉아 "빛이 있으라. 신사 여러분을 위한 성냥입니다요!"라고 외쳐대고 있었다. 지나가던 행인 중 일부는 진짜로 정장용 모자인 실크해트를 쓴 신사들이었지만, 일부는 플란넬(면이나 양모를 섞어 만든 가벼운 천-역주) 바지를 입고 앞부분에 챙이 달린 모자를 쓴 일꾼들이었다. 그 걸인은 본인만큼이나 행색이 초라한 일꾼들은 물론이고 그곳을 지나는 모든 사람을 싸잡아 '신사 여러분'이라고 외쳐댔다. 물론 내게까지 성냥을 팔려고 들이대지는 않았다. 여성들은 담배를 피우지 않았기 때문이다.

홍백색의 나선형 줄무늬 기둥 뒤로 보이는 문짝 유리에 '벨비디어 톤소리엄'이라고 써진 금색 글씨가 눈에 들어왔다. 아, 나는 키네포드에서 거리가 꽤 있는 벨비디어라는 마을에 대해 들어본 적이 있었다. 주변을 둘러보니 근처 위풍당당한 건물의 돌 창틀에도 '벨비디어 저축 은행'이라는 문구가 새겨져 있었다. *잘했어, 에놀라. 목표는 성취한 거야.* 말똥들이 널브러져 있는 길을 고른 걸 비롯해 셜록 오빠의 말마따나 아직 두뇌 용량이 작은 어린 소녀치고는 참 잘했다는 생각이 들었다.

"양파, 감자, 파스닙(배추 뿌리같이 생긴 채소-역주) 있어요!" 손수레를 미는 남자가 큰 소리로 외쳤다.

"정장에 어울리는 신선한 카네이션 있어요!" 어깨에 숄을 두르고서 바구니에 꽃을 담아 팔고 다니는 여자가 외쳤다.

"충격적인 유괴 사건이요! 전문을 읽어보세요!" 신문 파는 아이가 우렁찬 목소리로 고함쳐댔다.

유괴라고?

"튜크스베리 자작이 배질웨더 홀에서 유괴됐어요!"

나는 정말로 전문을 읽고 싶었다. 하지만 기차역을 찾는 게 우선이었다.

이 사건을 염두에 두면서 정장 모자와 프록코트 차림의 염소 가죽 장갑을 낀 한 신사를 따라갔다. 그는 옷깃에 신선한 카네이션을 달고 있었다. 정장 차림인 것을 보니 도시에 갈 모양이었다.

내 추측을 확인해주기라도 하듯, 으르렁거리는 엔진 소리가 점점 내 쪽으로 다가오는 게 느껴졌다. 그 소리는 발밑에서 인도가 다 흔들릴 정도로 점점 커졌다. 그때 역의 뾰족지붕과 작은 탑이 시야에 들어왔다. 탑에 걸린 시계는 일곱 시 반을 가리키고 있었다. 열차가 역으로 들어오면서 끼이익 하는 날카로운 소리를 냈다.

은밀히 런던으로 와 나를 맞이하려는 자들이 혹시나 역을 지나치고 있다 하더라도, 난 전혀 알아채지 못할 것 같았다. 기차가 플랫폼에 들어설 때 펼쳐진 진풍경에 온통 시선을 빼앗겼기 때문이다.

넋 나간 듯 열차가 오는 쪽을 바라보던 군중이 일제히 모여들었다. 그런가 하면 수많은 경관이 열을 지어 군중이 열차 쪽으로 돌진하지 못하도록 저지하고 있었다. 그사이 청색 제복 차림의 더 많은 경찰관은 새롭게 도착하는 열차를 맞이하러 앞으로 성큼성큼 걸어가고 있었다. 이 열차는 '폴리스 익스프레스'라는 중요한 라벨이 붙은 차 한 대를 끌어당기고 있었다. 이윽고 그 차에서 여행용 망토를 걸친 여러 명의 남자가 내렸다. 바닥에 닿을 듯한 망토를 휘날리며 걷는 그들의 모습은 꽤 인상적이었다. 그런데 기차역 매표소를 향해 군중 속을 비집고 조금씩 나아가며 생각해보니, 복장에 맞춘답시고 쓴 그들의 납작한 모자에 달린 방한용 귀덮개는 작은 토끼의 귀 같아 우스꽝스러웠다.

마치 끓는 냄비 속으로 걸어 들어가기라도 하듯, 주변은 온통 흥분된 목소리로 들끓고 있었다.

"런던 경찰청이 틀림없어. 사복 수사관들 좀 봐."

"누군가 셜록 홈즈를 부르는 소리도 들렸어……."

아, 맙소사. 나는 그 자리에 멈춰 서서 열심히 귀를 기울였다.

"……근데 홈즈는 안 올걸. 가족 일을 보러 갔거든……."

이런 젠장, 말하던 사람이 지나가버리는 바람에 더는 오빠에 대한 얘기를 듣지 못했다. 그 대신 어디선가 왁자지껄 떠드는 소리만 잔뜩 들려올 뿐이었다.

"대저택에 사는 내 사촌의 위층 보조 하녀가 글쎄……."

135

"공작부인이 정신을 잃었다나 봐."

"……그리고 그 하녀 말에 따르면……."

"공작이 잔뜩 화가 난 상태래."

"한 나이 많은 은행 직원 말이, 아직 유괴범들이 몸값을 요구하고 있다나 봐."

"그게 아니면 왜 남자아이를 유괴했겠어?"

흠…… 그 '충격적인 유괴 사건!'이 근처에서 일어났던 모양이다. 정말로, 탐정들이 꽤 예쁘장한 랜도마차에 우르르 올라탄 후 기차역에서 그다지 멀지 않은 녹색 공원 쪽으로 서둘러 이동하는 게 보였다. 나무들 위로는 회색빛 고딕풍의 탑들이 치솟아 있었다. 주위 사람들이 떠드는 말을 들어보니…… 배질웨더 홀이란 곳이었다.

아, 이 얼마나 흥미로운 일인가.

하지만 중요한 일부터 먼저 하자. 우선 나는 표를 사야 한다…….

그렇지만 기차역 벽면에 붙은 전체 운행 일정을 보니 런던행 기차 편은 부족해 보이지 않는다. 기차는 아침부터 밤늦게까지 매시간 있으니까.

"공작의 아들이 실종됐어요. 전문을 읽어보세요!" 신문팔이 소년 하나가 일정표 밑에 서서 악을 쓰고 외쳐댔다.

난 신의 섭리 같은 건 믿지 않았지만, 어떻게 우연히 내가 이곳 배질웨더 홀에 오게 된 것인지 궁금했다. 이런 범죄 현장에, 그것도 위대한 탐정인 셜록 오빠가 있는 이곳에 말이다. 이런 상상의 나래를 펼치고 있자니 신문을 읽고 싶은 유혹을 억누를 길이 없었다. 그렇게 매표소에 가려던 마음은 어느새 온데간데없이 사라지고, 그 대신 난 신문을 샀다.

9장

나는 벨비디어 역 근처 한 찻집에 들어가 구석에 자리를 잡고, 변장용 베일을 걷어 올리기 위해 벽을 쳐다보고 앉았다. 베일을 걷어 올리려는 데는 두 가지 목적이 있었다. 우선 차와 작은 스콘을 아침 식사용으로 먹으려는 게 첫 번째 목적이었고, 어린 튜크스베리 배질웨더 자작의 사진을 보려는 게 그 두 번째 목적이었다.

유괴된 소년의 사진은 신문 일면의 거의 절반을 차지하고 있었다. 사실 나는 소년이 매일같이 벨벳과 주름 장식이 있는 그 뻔한 귀족 옷을 입어야 하는 상황이 아니길 바랐다.

맙소사, 하지만 고대기로 만 금발 머리를 어깨에 드리운 소년에게서 별다른 선택은 없어 보였다. 그 소년의 엄마는 명문가 출신의 소년들에게 근심거리를 안긴

『소공자*Little Lord Fauntleroy*』라는 형편없는 책에 푹 빠져 사는 게 틀림없었다. 어린 튜크스베리 경은 한창 유행 중인 폰틀로이풍 양복(깃이 넓고 짧은 웃옷에 반바지와 프릴이 달린 셔츠, 그리고 나비넥타이를 맨 한 벌의 아동복-역주) 차림이었다. 에나멜가죽 버클 실내화에 하얀 스타킹을 신고, 그 위로 옆면에 새틴 나비매듭 리본이 달린 검은색 벨벳 반바지를 입었으며, 물 흐르는 듯한 하얀색 레이스 소맷부리와 깃이 달린 검은색 벨벳 재킷 아래로 새틴 띠를 둘렀다. 사진 속 소년은 아무 표정 없이 카메라를 응시하고 있었지만, 소년의 턱선에서는 강인함의 흔적이 느껴졌다.

공작의 나이 어린 상속자
끔찍한 실종 현장

자극적인 말투의 일면 머리기사였다.

나는 두 번째 스콘에 손을 뻗으며 기사를 읽어 내려갔다.

수요일 이른 아침 벨비디어의 번화한 마을 인근, 배질웨더 공작들의 조상이 살던 배질웨더 홀에서 가장 우려하던 일이 벌어졌다. 배질웨더 홀의 보조 정원사가 당구장의 프렌치 도어(가운데서 양쪽으로 여는 유리문−역주) 중 하나가 부서져 있는 것을 발견한 것이다. 그 일이 있은 후 하인들도 억지로 밀어 넣어진 내부 문 자물쇠의 흔적과 문의 나무 부분에 난 잔인한 칼부림의 흔적을 추가로 발견했다. 당연히 빈집털이범이라 생각한 집사는 은 식기류가 있는 식기실을 확인했으나, 사라진 물건은 아무것도 없었다. 거실의 접시와 나뭇가지 모양의 촛대, 응접실의 셀 수 없이 많은 귀중품도 그대로였고 화랑이나 도서관, 배질웨더 홀의 커다란 구내 어느 곳을 보더라도 어질러진 곳은 한 군데도 없었다. 정말 아래층에는 어디에도 강제로 침입한 흔적이 없었다. 그러던 중 위층 하녀들이 뜨거운 물이 담긴 큰 물병을 아침 목욕을 위해 습관적으로 공작 가족의 처소에 나르기 시작하면서 튜크스베리 자작 겸 배질웨더 후작의 회의실 문이 약간 열려 있던 것을 발견한 사실이 뒤늦게 밝혀졌다. 방 여기저기 흩어진 튜크스베리 자작의 비품들은 당시 그가 얼마나 발악의 몸부림을 쳤는지 생생하게 보여주고 있었고, 저명한 귀족 자녀의 흔적은 방 어디에도 보이지 않았다. 배질웨더 경의 상속자인 자작은 그의 유일한 외아들로서 고작 열두 살밖에……

"열두 살?" 나도 모르게 불쑥 이 말이 튀어나왔다.

"부인, 무슨 일이세요?"

내 뒤에 있던 찻집 주인이 물었다.

"아, 아니에요." 나는 얼른 신문을 테이블에 내려놓고, 얼굴을 가리기 위해 덩달아 베일도 내렸다. "유괴된 소년이 더 어린 줄 알았거든요." 훨씬 더 어릴 거라 생각했다! 치렁치렁한 곱슬머리에 동화책에서나 나올 법한 복장을 했으니 말이다. 열두 살이라니. 소년이라면 마땅히 튼튼한 모직 재킷과 니커스(무릎 아래 또는 종아리에 주름을 잡아 다리 부분이 풍성한 바지-역주), 그리고 넥타이와 윗옷의 깃에 다는 폭넓은 칼라가 있는 옷차림에 품위 있고 남자다운 머리 스타일을 했어야 하는 건데……

그런데 따지고 보니, 내가 소년을 바라보며 생각하는 방식과 셜록 오빠가 나를 바라보며 생각하던 방식이 너무나도 비슷했다.

"실종된 불쌍한 튜크스베리 경 말씀하시는 거죠? 정말 안타깝지 뭐예요. 그 어머니가 아들을 아기처럼 키웠다고 하더군요. 그녀는 지금 비탄에 잠겨 있대요. 불운한 여자죠."

나는 의자를 뒤로 젖히고 자리에서 일어나 테이블 위에 반 페니짜리 동전을 두고 찻집을 나섰다. 그리고는 기차역에서 여행용 가방을 짐꾼에게 맡긴 후 배질 웨더 공원을 향해 걸어갔다.

이 일은 밝은 조약돌과 새 둥지를 찾는 일보다 훨씬 나을 것이다. 정말로 귀중한 뭔가가 발견될 것 같았고, 나는 그것을 꼭 찾고 싶었다. 그리고 내가 그것을 찾을 수 있으리라 믿었다. 나는 튜크스베리 경이 어디에 있을지 알고 있었다. 입증할 방법은 없지만 그냥 그런 느낌이 왔다. 나는 그 소년이 어디로 갔을지 상상하면서 거대한 포플러 나무들이 줄지어 서 있는 기나긴 진입로의 끝까지 마치 무아지경에라도 빠진 듯 걸어갔다.

첫 번째 문은 열려 있었다. 하지만 두 번째 문에서 경비인이 나를 멈춰 세웠다. 그의 임무는 빈둥거리며 캐기 좋아하는 신문 기자 같은 사람들을 차단하는 것이었다. 그가 물었다. "부인, 성함이?"

"에놀라 홈즈예요." 아무 생각 없이 툭 내뱉었다.

순간 용납할 수 없을 정도로 나 자신이 원망스러웠다. 쥐구멍이라도 있으면 달아나고 싶은 심정이었다. 줄행랑을 치듯 집을 빠져나오면서 당연히 나는 내 새 이름을 생각해뒀다. 아이비 메슐리Ivy Meshle. 엄마에 대한 내 신의를 뜻하는 '아이비(Ivy, 담쟁이덩굴)'에다 일종의 암호인 '메슐리Meshle'를 더해 만든 이름이었다. 그러니까 메슐리는 '홈즈Holmes'를 hol과 mes로 분리해서 뒤집으면 mes와 hol, 즉 Meshol이 되고, 그다음 발음 나는 대로 철자를 쓰면 메쉴리Meshle가 되는 거였다. (통상 이런 이름을 들으면 "타더링 히스의 서섹스 메쉴리와 관계가 있는 분인가요?"라고 묻게 되듯이) 이 이름을 쓸 경우 나를 영국에 있는 누군가와 연결 짓기는 어려울 것이며, 홈즈라는 이름의 누군가와 연결 짓기는 더더욱 어려울 것이다. 아이비 메쉴리! 정말 영리한 이름이었다. 그런데 조금 전 난 경비원에게 얼간이처럼 '에놀라 홈즈'라고 말해버린 것이다.

경비원의 무표정한 얼굴을 보아하니, 다행히 그 이름 따위에는 신경도 쓰지 않는 눈치였다. 물론 아직까지 말이다. 만약 나를 쫓는 여우사냥이 시작됐다면, 여우가 숨은 곳에서 뛰어나왔을 때 지르는 '나타났다'라는 함성이 터져 나왔을 법도 한데, 아직 여기까지, 이 경비원이 있는 곳까지는 그 메아리가 도달하지 않은 듯했다. "어쩐 일로 오셨나요, 음…… 홈즈 부인?" 그가 물었다.

어차피 바보같이 처신한 마당에 나는 이 상황을 최대한 활용해보기로 했다. "이 문제는 셜록 홈즈 씨가 직접 처리하지 않을 거라시면서, 제게 대신 한번 둘러보라고 하셨거든요."

경비원이 살짝 눈썹을 씰룩대더니 불쑥 물었다. "그

143

탐정과 관련 있는 분이신가요, 부인?"

"네." 긴장된 마음을 추스르며 간신히 대답한 나는 급히 경비원을 지나 배질웨더 공원으로 걸어갔다.

진입로의 둥글게 생긴 끝에 다다랐을 무렵, 홀이 나타났다. 이 홀은 펀델 홀 크기의 족히 열 배는 됨 직해 보였다. 하지만 나는 현관의 드넓은 대리석 계단이나 둥근 기둥 장식이 있는 문 쪽으로 다가가지 않았다. 그런 고상한 주택에는 관심이 없었다. 그 주택을 둘러싸고 있는 잘 정돈된 장미와 토피어리(나무를 새·동물 모양 등으로 전정하는 기술-역주)로 그득한 화려한 정원에도 관심이 없었다. 나는 진입로에서 방향을 틀어 넓게 트인 잔디밭을 가로질러 배질웨더 공원으로 갔다. 말하자면, 배질웨더 공원은 홀과 정원을 둘러싼 일종의 나무 수풀이었다.

그러니까 숲이 아니라, 나무 수풀 말이다. 우연히 일부 덤불이라든지, 한두 조각의 이끼라든지, 약간의 검은 딸기나무와 마주하기를 고대하면서 나무 밑을 디디던 나는 크로켓(잔디 구장 위에서 나무망치로 나무 공을 치며 하는 구기 종목-역주)을 쳐도 될 정도로 짧게 다듬은 부드러운 잔디를 발견했다.

단조로웠다. 이곳은 아무리 계속 걸어도 흥미롭게 움푹 팬 곳도, 계곡도, 작은 동굴도 보이지 않았다. 배

질웨더 홀의 사유지는 평평하고 특색이라곤 찾아볼 수
없었다. 참 실망스러웠다. 다시 잔디밭이 나오는 길로
들어서며 생각했다. 지금 유일하게 남은 가능성은…….
"홈즈 부인!" 시끄러운 고성이 나는 쪽으로 몸을 돌
리자, 흥분해서 완전 제정신이 아닌 공작부인이 나를
향해 돌진해오는 모습이 보였다. 이 사람이 유괴당한
아이의 엄마이렷다. 풍요로운 자태의 일상복과 로즈
그레이 색 새틴으로 만든 주름 페티코트는 물론, 뒤로
끌리는 연보라색 주름 가운 위로 은회색의 작은 어깨
망토에 달린 수많은 끈과 자수를 보아하니 그랬다. 하
지만 넋이 나간 듯 나를 바라보며 눈물을 흘리는 그녀
의 얼굴에선 귀족의 부유함이란 찾아볼 수 없었다. 모
자 밑으로 쭉 삐져나온 백발이나 다름없는 머리카락을
흩날리며 나무들 사이에서 피투성이 백조마냥 덤벼드
는 꼴에서도 품위란 찾아볼 수 없었다.

잔뜩 겁에 질린 하녀 둘이 뒤에서 허둥지둥 공작부
인을 쫓아왔다. 앞치마와 흰색 레이스 모자를 보아하
니 공작부인을 쫓아 집에서부터 곧장 달려온 게 분명
했다. "마님," 그들이 달래며 외쳤다. "마님, 제발 안으
로 들어가세요. 어서요. 가서 차 한잔 드세요. 곧 비가
올 거예요." 하지만 공작부인은 그들 말은 귓등으로도
듣지 않는 눈치였다.

"홈즈 부인." 나를 꽉 붙든 그녀의 맨손이 바들바들 떨렸다. "당신도 어머니의 마음을 지닌 여인이죠. 그러니 말 좀 해보세요. 누가 감히 이런 사악한 짓을 한 걸까요? 우리 튜키(튜크스베리를 부르는 애칭—역주)는 지금 어디에 있는 걸까요? 제가 뭘 어떻게 해야 할까요?"

그녀의 떨리는 손을 두 손으로 부여잡으며 나는 어쩔 줄 몰라 당황하고 있는 내 표정을 감춰준 무거운 베일에 감사했다. 차디찬 그녀의 손과 따뜻한 내 살갗을 구분해준 장갑에도 감사했다. "용기를 가지세요, 음……부인, 그리고 음……." 나는 할 말을 찾기 위해 더듬거렸다. "희망을 가지세요." 그러고 나서도 나는 계속 더듬거렸다. "좀 물어볼게요. 혹 아드님이 어디에 있었는지……." 아들을 꽤 애지중지한 만큼 아들을 감시해봤거나 뭔가 짚이는 데가 있을 듯했다. "아드님이 혼자 갈 만한 곳이라도 있나요?"

"혼자요?" 내 말귀를 이해하지 못한 그녀는 부어오른 충혈된 눈을 깜박거릴 뿐이었다. "그게 무슨 말이죠?"

"터무니없는 소리죠." 뒤에서 낭랑한 저음의 목소리가 울려 퍼졌다. "이 하찮은 과부는 쥐뿔도 모릅니다. 실종된 아드님은 제가 찾아드리죠, 부인."

뒤들 돌아보니 웬 기묘한 차림의 여자 하나가 서 있었다. 나보다 키도 훨씬 크고, 덩치도 훨씬 큰 그녀는 놀랍게도 모자는커녕 두건 쪼가리 하나 두르고 있지 않았다.

그녀가 백색 형광등이라면, 그 머리카락이 마치 붉은 색 전등갓이라도 되듯, 뻣뻣한 그녀의 머리카락이 머리와 어깨를 한가득 감싸고 있었다. 그녀의 머리색은 밤나무 색도 아니고, 적갈색도 아니었다. 그야말로 완전 빨간색 진홍빛 양귀비꽃 색이었다. 그런가 하면 그녀의 쌀가루같이 흰 얼굴에 검은 두 눈동자는 무슨 양귀비꽃의 검은색 중앙 부위처럼 칠흑같이 생겨서는 내쪽을 뚫어져라 쏘아보고 있었다. 머리색과 얼굴이 어찌나 확 튀던지 사실 그녀의 차림새 따위는 간신히 알아챌 정도였다. 그녀의 얼굴을 둘러싸고 있는 진홍빛 머리카락만큼이나 그 육중한 몸을 우악스럽게 감싸고 있는 옷이 그저 진홍의 원색 계열 이집트산 혹은 인도산 면직물일 것이라는 생각만 들 뿐이었다.

공작부인은 놀란 나머지 제대로 말을 잇지 못했다. "레일리아 부인? 오, 오셨군요. 저의 간청을 들어주셨군요. 레일리아 부인!"

무슨 부인? 혹시 여자 강신술사가 아닌가라는 생각이 들었다. 이들은 도덕적으로나 영적으로 우월하여 남자들보다 더 많은 명성을 얻기도 했다. 통상 이런 사람들, 또는 엄마 말마따나 이런 '사기꾼'들이 하는 일은 죽은 사람들의 영혼을 불러내는 일이었다. 그리고 틀림없이 공작부인은 아들이 죽은 영혼 중 하나가 아니기를 간절히 바랐다. 그러니 이 덩치 큰 여인이 하고 있던 건……

"에스트럴 퍼디토리언(Astral Perditorian, 영적 세계의 힘을 빌려 잃어버린 것을 찾는 자)으로서 저, 레일리아 시빌 데 퍼페이버Laelia Sibyl de Papaver가 사모님을 돕겠습니다." 육중한 풍채의 이 여자 강신술사가 외쳤다. "잃어버린 게 무엇이든 전 분명히 찾을 수 있어요. 영혼들은 어디든 가죠. 모든 것을 알고, 모든 것을 보죠. 그들은 내 친구들이에요."

공작부인은 이제 노란 장갑을 낀 이 여인의 큼지막한 손을 덥석 붙잡았다. 두 명의 하인들과 같이 나도 깜짝 놀라 입을 떡 벌린 채 서 있었다. 하지만 내가 놀란 건 이 여자의 터무니없는 모습 때문이 아니었다. 그녀가 영혼들에 관해 이야기한 것 때문도 아니었다. 물질적인 육체가 떠난 후에도 내가 어떻게든 보존될 것이라는 사실 또한 나는 믿고 싶었다. 하지만 나라면 가구를 두들긴다든지, 종을 친다든지, 탁자를 흔들기보다는 좀 더 나은 행동을 했을 듯싶었다. '에스트럴'이란 단어도 그다지 마음에 확 와 닿지 않았다. 그래도 이 여자, 레일리아 시빌 데 퍼페이버가 내뱉은 모든 말 중

148

단 한 가지, 내 촉각을 곤두세우게 한 단어가 있었다.

바로 *퍼디토리언*이었다.

이 단어의 어원은 '잃어버린'이라는 뜻의 라틴어 '페르디투스perditus'이다.

퍼디토리언은 곧 잃어버린 것을 직감으로 찾는 사람이었다.

하지만…… 하지만 영혼들에 관한 허튼소리나 하는 자가 어떻게 감히 자신을 그렇게 고상한 사람이라고 자처할까? 잃어버린 것을 제대로 파악하는 사람, 잃어버린 것을 현명하게 분석하는 여성, 잃어버린 것을 찾고야 마는 사람, 그것이 바로 내 소명이다.

나는 퍼디토리언이었다. 아니, 퍼디토리언이 될 것이다. 에스트럴 말고 프로페셔널(전문가)이 될 것이다. 세계 최고로 전문적이고 논리적이며 과학적인 퍼디토리언이 될 것이다.

내 진짜 이름이 홈즈인 만큼, 내가 최고의 퍼디토리언이 될 것이라는 확신과 영감이 숨 막힐 정도로 샘솟았다.

이런 생각에 빠져 있느라 나는 하인들이 아마도 차를 마시거나 강령회(산 사람들이 죽은 이의 혼령과 교류를 시도하는 모임-역주)를 열기 위해 공작부인과 레일리아 부인을 현관으로 호위해 데려간 것도 모르고 있었다. 하지만 그다지 신경 쓰지 않았다. 나는 배질웨더 공원을 둘러싼 나무 수풀로 돌아와, 어느새 가랑비가 부슬부슬 내리기 시작한 것도 모른 채 그저 발길 닿는 대로 걷고 있었다. 그렇게 엄마를 찾으려던 원래 계획에 엄청난 흥분이 더해지면서 그야말로 나는 상상의 나래를 펼치고 있었다.

엄마를 찾는 계획은 여전히 간단했다. 나는 런던에 도착하자마자 마차를 불러 마부에게 유명한 호텔로 안내해달라고 한 뒤, 그곳에서 저녁을 먹고 단잠을 잘 것이다. 적합한 숙소를 찾을 때까지는 호텔에 머물면서 은행계좌도 만들 것이다. 아니, 우선 플리트 스트리트(과거 많은 신문사가 있던 런던 중심부-역주)에 가서 엄마가 읽는 간행물에 암호화된 '인물 동정'을 실을 것이다. 어디에 계시든 엄마가 가장 좋아하던 신문이나 잡지 정도는 계속 읽지 않겠는가? 그럼, 그렇고말고. 그리고 나는 엄마가 응답할 때까지 기다릴 것이다. 기다리기만 하면 된다.

'엄마가 무사히 살아 있기만 하다면 그걸로 충분하다.' 스스로를 안심시키기 위해 내가 종종 되뇌는 말처럼 그거면 충분했다.

그동안 내가 할 수 있는 일이라고는 고작 기다리는

것뿐이었다.

혹은 그렇다고 생각했다. 하지만 지금 난 내 소명을 발견했기 때문에 더 많은 걸 할 수 있었다. 셜록 오빠는 그가 진정 원하는 대로 세계 유일무이의 사립 컨설팅 탐정이 될 것이고, 나는 세계 유일의 사립 컨설팅 퍼디토리언이 될 것이다. 그렇게 하기 위해 나는 런던 주변 자택에 모여 차를 마시곤 하는 전문직 여성들, 즉 우리 엄마를 알 수도 있는 여성들과 어울려 다닐 것이다. 셜록 오빠가 이미 엄마에 관해 조사를 착수한 장소인 런던 경찰청의 수사관들, 그 밖의 다른 고위 관리들, 그리고 평판이 썩 좋지는 않지만 정보를 파는 사람들과도 어울릴 것이다. 나는 타고난 퍼디토리언이니까. 잃어버린 사랑하는 사람을 찾아주는 사람이니까. 그리고…….

이렇게 꿈만 꾸고 있을 때가 아니다. 실제로 행동에 나서야 한다. 지금 당장.

그러고 보니 공작부인을 만나 방해받기 전까지 내가 튜크스베리를 찾을 단서를 발견할 만한 유일한 곳은 나무였던 것 같다.

따분할 정도로 가지런히 손질된 울창한 나무들을 통해 왔던 길을 되짚어가면서 나는 이제 그 나무를 찾는 데 정신을 집중했다. 배질웨더 홀과 그 홀의 정원에서

151

아주 가까이 있지는 않을 것이다. 배질웨더 공원 근처
에서도 멀리 떨어져 있을 것이다. 아마도 그 나무는 성
인의 육안으로 보기 어려운 수풀 한복판에 있을 것이
다. 양치식물로 뒤덮인 계곡, 돌출돼 있는 버드나무 아
래에 자리한 펀멜의 내 피난처처럼 어딘가 그 나무는
독특해야 한다. 은신처다워야 한다는 소리다.

　가랑비가 그치고 해가 나올 동안 나는 그 나무를 찾
을 때까지 사유지를 거의 빙빙 돌고 있었다.

　그 나무는 한 그루로 된 나무가 아니었다. 실제로 하
나의 기반에서 자란 나무 네 그루였다. 네 그루의 단풍
나무 묘목이 같은 장소에 심어졌고, 모두 살아남아 서
로 대칭을 이루고 있었는데, 네 개의 몸통이 서로 가파
른 각도로 서 있는 중간이 완벽한 사각형 공간을 이루
고 있었다.

　부츠 신은 한 발로 나무의 마디를 딛고, 가까운 곳에
있는 가지를 움켜잡아 당기는 식으로 움직여 땅에서
1미터 높이쯤 되는 부분으로 펄쩍 뛰어 올라섰다. 그
지점은 네 그루 나무와 나뭇잎으로 둘러싸인 사각형
공간의 중앙 지점이었다. 정말 기분이 끝내줬다.

　더 끝내주는 건, 그 누군가, 아마도 어린 튜크스베리
경이 여기에 있었다는 사실이다. 그는 커다란 못, 실제
로는 철로용 금속 말뚝을 안쪽에 있는 나무 중 하나의

몸통에 박았다. 근처를 지나는 그 누구도 눈치채지 못할 것 같은, 그렇지만 상당히 툭 튀어나와 있는 말뚝이었다.

여기에 뭔가를 걸어두려고 했던 걸까? 아니다. 그 정도는 훨씬 작은 못으로도 할 수 있을 것이다. 이 대못의 용도가 뭔지 슬슬 감이 왔다.

첫발을 내딛기 위한 용도였다. 위로 올라타기 위한 발판이었다.

아, 감계무량하다. 숙녀라는 틀에 갇혀 지내다 여러 주가 지난 지금, 다시 나무에 오르다니…… 하지만 그 순간 난 놀라 나자빠질 뻔했다. '누가 나를 봤으면 어쩌지? 나무에 올라탄 과부?'

재빨리 사방을 둘러보았다. 다행히 아무도 없었다. 하지만 내 운을 시험해보기로 했다. 우선 모자와 베일을 벗어 높은 곳의 나무 잎사귀에 숨기고는, 스커트와 페티코트를 무릎 위로 들어 올려 다발로 묶은 다음, 모자의 고정용 핀으로 단단히 잡아맸다. 그러고 나서는 그 말뚝 위로 발을 내딛는 동시에 나뭇가지를 꽉 움켜잡으며 위로 훌쩍 올라섰다.

올라가면서 머리가 나뭇가지에 걸리긴 했지만 신경 쓰지 않았다. 흔히들 경험하듯 얼굴이 찔리는 상황만 빼면, 사실 나무 타기는 내게 사다리를 오르는 것만큼이나 쉬웠다. 물론 한 발짝 내디딜 때마다 팔다리가 화

153

끈거리기는 했지만 괜찮았다. 여하튼 다행히도, 보이는 것이라고는 단풍나무밖에 없는 나무 수풀 가운데 튜크스베리 경은 철도용 대못을 박아 자신의 흔적을 남겼다. 이 어린 자작은 총명한 아이였다. 자기 아버지의 사유지를 가로지르는 철도에서 이 대못을 뽑아낸 것이 틀림없었다. 물론 그 때문에 탈선하는 기차가 생기는 일은 없기를 바랐다.

6미터가량 올라간 후, 어디쯤 다다랐는지 궁금해 잠깐 멈추고 뒤로 고개를 젖혀보았다…….

맙소사!

튜크스베리는 나무 위에 은신처도 만들어놓았다.

이 은신처는 잎이 무성할 때는 땅에서 전혀 보이지 않는 구조물이었다. 하지만 내가 있는 이 높은 장소에서는 감탄해 마지않으며 또렷이 이 구조물을 볼 수 있었다. 나뭇조각으로 만든 은신처는 정사각형 모양의 뼈대로 이루어져 네 그루의 단풍나무 사이에 고정되어 있었다. 그리고 그 아래로 지지대가 나뭇가지 사이에 끼워져 있거나, 사방이 끈으로 묶인 채 나무의 몸통과 몸통 사이를 연결하고 있었다.

튜크스베리는 좀 투박해 보이긴 하지만 지지대 위에 널빤지를 놓아 일종의 바닥도 만들었다. 어린 자작이 지하 창고나 마구간 다락, 혹은 아무도 알 턱이 없는 온갖 곳을 뒤져 자재를 구하는 모습이 머릿속에 그려졌다. 아마도 어린 자작은 자재를 이곳으로 끌어다두고 밤에 몰래 빠져나와 이 물건들을 밧줄을 이용해 은신처 자리 나무 위에 올려놓았을 것이다.

그런 줄도 모르고 튜크스베리의 어머니 공작부인은 이런 아들의 머리를 매일 고대기로 말고, 새틴과 벨벳, 레이스 달린 옷을 입혀가며 치장시켰다. 공작부인에게 자비를 베푸소서!

튜크스베리는 은신처의 한쪽 구석에 드나들 수 있는 입구도 만들었다. 안으로 머리를 들이민 순간, 어린 튜크스베리 경에 대한 내 존경심은 더욱 커졌다. 그는 은신처 윗부분에 사각형 모양의 캔버스를 매달아놓았다. 아마도 지붕인 듯했다. 구석에는 마구간에서 '빌렸음 직한' 방석 용도의 안장도 보였다. 네 개의 나무 몸통에는 못을 박은 후 그 못에다 매듭 끈의 고리와 보트 그림, 금속 호루라기 등 온갖 흥미로운 것들을 매달아놓았다.

좀 더 자세히 들여다보기 위해 나는 안으로 기어 들어갔다. 하지만 그 순간 두꺼운 널빤지를 깐 바닥 한복판에 펼쳐진 충격적인 장면으로 인해 나는 그만 눈이 휘둥그레지고 말았다.

바닥에 이런저런 조각난 잡동사니들이 끔찍하게 널

브러져 있었다. 어찌나 심하게 잘리고 찢겨 있던지 형체를 알아보는 데만도 얼마간 시간이 걸렸다. 검은색 벨벳과 하얀색 레이스, 그리고 아주 연한 푸른색 새틴…… 한때 옷이었던 것으로 보이는 천 조각들이었다.

찢어진 천 조각들 위로는 머리카락이 붙어 있었다. 길고, 곱슬곱슬한 금발 머리카락.

그는 틀림없이 스스로 머리카락을 짧게 깎았을 것이다.

이후 자신의 화려한 옷과 장신구들도 찢고 망가뜨렸을 것이다.

튜크스베리 자작은 이 피난처에 왔었다. 자신의 자유의지로 왔지 어떤 유괴범도 그를 여기에 데려다놓지 않았을 것이며 그럴 수도 없었을 것이다.

보아하니 튜크스베리 자작은 처음 왔을 때 그랬듯이 자유의지로 이 은신처를 떠났다. 하지만 더는 튜크스베리 자작이자 배질웨더 후작이 아닌 다른 인물로 떠났을 것이다.

10장

다시 바닥에 내려온 나는 내 스커트들을 원래 있던 자리로 되돌려놓았다. 검은색 모자도 헝클어진 머리카락을 덮을 수 있도록 제 위치에 고정시켰다. 베일 역시 얼굴을 잘 감출 수 있도록 내렸다. 그렇게 나는 앞이 거의 보이지 않는 상태에서 터벅터벅 걸어갔다. 뭘 해야 할지 통 감이 오지 않았다.

나는 장갑을 낀 집게손가락으로 금발의 긴 곱슬머리를 한 타래 집어 들어 비벼보았다. 나머지 머리카락은 그것이 발견된 자리에 그냥 두었다. 아마도 들새들이 한 올 한 올 물고가 자기들 둥지의 안감으로 삼았을 듯 싶다.

나는 달아난 튜크스베리가 자기 은신처에 남긴 분노의 메시지를 생각해보았다.

공작부인의 눈가에 흐르던 눈물에 대해서도 곱씹어 보았다. 불쌍한 여인.

하지만 불쌍하기는 그 아들도 마찬가지였다. 매일 같이 벨벳과 레이스를 걸치도록 강요당하다니. 아마도 강철 늑골 형태로 된 코르셋을 착용한 것만큼이나 고통스러웠으리라.

불현듯 나 자신에 대해서도 생각해보게 되었다. 에놀라, 나 역시 어린 튜크스베리 공처럼 도망을 다니고 있다. 바라건대 튜크스베리가 자신의 이름을 바꿀 정도의 분별력은 있기를 바라마지 않는다. 참 어리석게도 난 에놀라 홈즈라는 이름을 드러내는 바람에 스스로를 위험에 빠뜨렸다. 고로 나는 도망쳐 다녀야만 했다.

그런가 하면 한편으로 난 불운한 공작부인을 안심시켜야 한다…….

아니, 아니지. 난 배질웨더 공원을 될 수 있는 한 빨리 떠나야 한다. 무슨 문제라도 생기기 전에…….

"홈즈 부인?"

어느새인가 배질웨더 홀의 바로 앞 마차길 진입로에 서 있는데 갑자기 누군가 날 부르는 소리가 들려왔다. 당황한 나는 잔뜩 굳어 앞으로 나아갈지 뒤로 돌아갈지 갈팡질팡하고 있었다.

"홈즈 부인!"

금발 머리카락이 보이지 않도록 한 손에 감싸 쥔 채 돌아보자 여행용 망토 차림의 한 남자가 나를 향해 대리석 계단을 서둘러 내려오고 있었다. 런던에서 온 수사관 중 한 명이었다.

"부인의 지인을 사칭한 점 사과드립니다." 그가 내 앞에 서서 말했다. "경비원이 당신이 여기 있을 거라고 알려줬어요. 제가 궁금했던 건……." 작고 족제비같이 생긴 그는 경찰청에서 흔히 봄 직한 건장한 몸매는 아니었다. 하지만 내 베일의 사이사이를 기어다니는 반짝거리는 검은색 무당벌레 같은 날카로운 눈빛으로 나를 빤히 쳐다보는 모습은 오금이 저릴 정도였다. 다소 높은 톤으로 그가 말을 이었다. "저는 셜록 홈즈 씨의 지인으로 이름은 레스트레이드라고 합니다."

"안녕하세요." 나는 악수를 청하지는 않았다.

"예, 안녕하세요. 예기치 않게 만나 뵙게 되었네요." 그의 말투에서 감지된 건 이런 거였다. 우선 그는 내 이름이 에놀라 홈즈라는 것을 알았다. 또한 나를 과부로 알고 있기에 부인이라고 불렀던 것 같다. 하지만 그저 홈즈 가문의 남자와 결혼해 홈즈라는 이름을 얻은 과부로 보이는 나를 왜 셜록이 대신 보낸 건지에 대해서는 의아해할 게 틀림없었다. "사실 셜록 홈즈 씨는 제게 부인에 대해 단 한 번도 언급한 적이 없습니다."

159

"그렇군요." 나는 공손하게 고개를 끄덕였다. 수사관이 물었다. "혹시 셜록 홈즈 씨와 부인의 가족에 관해 의논한 적이 있으신가요?"

"아니요! 제 말은, 그럴 기회가 없었어요."

"전혀요." 나는 똑같은 말투를 유지했다. 아니, 그렇게 침착하기를 바랐다. 하지만, 머릿속에서 무슨 방울새라도 지저귀어대고 있는 듯 나는 전혀 침착하지 못했다. 이 염탐꾼은 어떤 상황에서도 기회만 닿으면 셜록에게 나를 만난 사실을 득달같이 가서 알릴 것이다. 나는 그런 일이 일어나기 전에 이 상황에서 벗어나야만 했다. 나를 조사하고 있는 이자의 주의를 얼른 딴데로 돌려야 했다.

나는 장갑을 벗으며, 손에 감아둔 튜크스베리의 금발 머리카락 뭉치를 풀어 그에게 내밀었다.

"튜크스베리 공에 관해 말하자면," 나는 유명한 셜록 오빠의 말투를 흉내 내면서 상대방을 압도하듯 말했다. "자작은 유괴되지 않았어요." 나는 이의를 제기하려는 수사관의 시도를 일축해버렸다. "자작은 혼자서 일을 벌인 겁니다. 자작은 도주했어요. 당신이라도 그랬을 거예요. 인형처럼 매일 벨벳 정장 차림의 옷을 입는다면요. 자작은 보트를 타고 바다로 가길 원하고 있어요. 제 말은 배 말이에요. 전 어린 자작의 은신처에서 증기

선과 쾌속 범선, 그리고 각종 항해 선박의 그림을 찾아 냈어요. 특히 자작은 아주 거대한 배를 선망하고 있어 요. 맨 위에는 돛이 달려 있고, 양옆에는 물바퀴가 있어 마치 거대한 소가 떠다니는 듯한 그런 배죠. 그 배 이 름이 뭐였죠? 대서양 횡단 케이블을 설치했던?"

하지만 레스트레이드 경감은 내가 쥐고 있던 금발의 곱슬 머리카락만 빤히 쳐다보고 있을 뿐이었다. 그는 주절거렸다. "무슨…… 어디에서…… 어떻게 그런 추 론을……?"

"그레이트 이스턴(브루넬의 세 번째이자 마지막 배로 당 시 바다를 떠다니던 최대 선박보다 네 배나 컸으므로 연료 보 급 없이 세계를 일주할 수 있었음-역주)." 마침내 나는 세계 에서 가장 큰 배의 이름을 기억해냈다. "레스트레이드 씨는 아마도 튜크스베리 경을 항구, 그러니까 런던의 부둣가에서 찾게 될 거예요. 선원들의 매듭 묶는 법을 연습한 걸로 보아 자작은 아마 십중팔구 배에서 일하 는 사환이나 선원의 취직자리에 지원할 거예요. 자작 은 머리도 잘랐어요. 그리고 옷도 틀림없이 평범한 걸 입었을 테고요. 그렇게 탈바꿈한 후에 기차역으로 갔 다면 아무도 못 알아봤겠죠."

161

"하지만 그 깨진 문은요! 잠긴 문을 억지로 부수고 들어간 건요!"

"자작 혼자 그렇게 한 거죠. 그래야 레스트레이드 씨가 도망자가 아닌 유괴범을 찾을 테니까요. 너무했죠." 나는 계속해서 말했다. "자기 어머니를 그렇게 걱정시키다니." 이렇게 말하고 보니 내가 알고 있는 사실을 털어놓길 잘했다는 생각이 들었다. "당신이 이것을 그 어머니인 공작부인에게 가져다주면 상당한 선물이 될 것 같군요" 나는 레스트레이드 경감에게 머리카락 한 타래를 내밀었다. "솔직히 이게 공작부인의 마음을 나아지게 할지 아니면 더 힘들게 할지는 모르겠지만요."

넋 놓고 나를 바라보던 레스트레이드는 오른손으로 공작 아들의 머리카락을 받아들면서, 그제야 자신이 무슨 일을 하고 있었는지 겨우 깨달은 눈치였다.

"하지만, 하지만 이걸 어디서 찾으셨죠?" 그는 마치 내 팔꿈치를 잡아당겨 배질웨더 홀로 데려가기라도 할 것처럼 자신의 다른 한 손을 내 쪽으로 쭉 뻗쳤다. 그 순간 그에게 잡히지 않으려고 뒤로 물러서는데 어렴풋이 이 대화를 엿듣고 있는 제삼자의 존재가 감지되었다. 대리석 계단 위 난간과 그리스풍 기둥 한가운데서 레일리아 부인이 우리 쪽을 쳐다보며 엿듣고 있었다.

나는 목소리를 낮춰 레스트레이드 경감에게 속삭이듯이 대답했다. "1층에서요, 그러니까, 네 그루의 단풍나무 몸통에 걸쳐 있는 은신처의 1층이요." 말하면서 그

방향을 가리킨 뒤 그가 그쪽을 쳐다보려고 고개를 돌리는 찰나에 나는 얼른 입구 쪽 진입로를 따라 내려갔다. 보통 여성의 걸음걸이보다는 다소 빠른 걸음으로.

"홈즈 부인!" 그가 내 뒤에 대고 외쳤다.

나는 걸음 속도를 늦추거나 돌아보지 않은 채 공손하지만 경감이 부르는 것을 일축하는 손짓을 내보였다. 이는 셜록 오빠가 내 앞에서 지팡이를 흔들던 모습을 흉내 낸 것이었다. 나는 달려가고 싶은 충동을 억누르며 계속해서 걸었다.

입구를 지나갈 때쯤 되어서야 나는 안도의 한숨을 내쉬었다.

전에 기차를 타본 적이 없던 나는 삼등석 칸이 네 사람이 가죽 의자에 둘씩 마주 보고 앉는 객실로 이루어져 있다는 사실에 깜짝 놀랐다. 의자들을 이어 여러 명이 함께 앉을 수 있도록 한 넓은 객실일 줄로만 알았다. 하지만 실제 모습은 예상과 달랐다. 안내원을 따라 좁은 통로를 지나서 문이 열리자 내가 앉을 자리가 보였다. 기차 뒤쪽을 바라보고 앉는 딱 한 자리가 남았고 그리로 가서 싫든 좋든 세 명의 낯선 사람과 그냥 같이 앉았다.

잠시 후 기차가 움직이는 것이 느껴졌다. 처음엔 천

천히 가다 갈수록 빨라졌다. 나는 그렇게 역방향으로 기차에 몸을 싣고 런던으로 향하고 있었다.

자기 일에 지나치게 충실한 레스트레이드 경감이 내 계획을 뒤죽박죽 만들어놓는 바람에 나는 더 이상 앞으로의 일을 점칠 수 없게 되었다.

그가 에놀라 홈즈라고 불리는 멍청이 과부와 이야기를 나누었고, 셜록 오빠에게 그 이야기를 늘어놓을 것이기 때문에 나는 완벽하다시피 한 내 변장을 버려야 했다.

정말로 내 상황을 원점에서 다시 생각해야 할 때였다.

허리받이와 짐 때문에 좌석 모서리에 앉은 나는 한숨을 내쉬며 반대방향으로 달리는 열차의 움직임에 몸이 쏠리지 않도록 버티고 있었다. 기차가 언덕을 스쳐 지나가는 자전거들을 재빨리 제치고 내달리면서 마구 휘청거리고 덜컹거렸다. 그에 맞춰 창밖으로 보이는 나무와 빌딩도 어찌나 떠들썩하게 스쳐 지나가던지 나는 바깥을 쳐다볼 엄두도 못 내고 있었다.

그러고 보니 약간 아픈 것 같기도 했다. 이런저런 이유로 해서 말이다.

택시라든가 호텔, 고급 숙박 시설이 마련되어 있는 안전하고 편안한 여정 같은 건 이제 더 이상 기대할 수 없을 것이다. 신원이 노출되었기 때문이다. 레스트레이드 경감이나 셜록 오빠는 벨비디어를 거쳐 젊은 과부의 발걸음을 추적할 것이다. 이어 내가 도시로 가는 오후 급행열차에 오른 사실을 알아낼 것이다. 내 방에 있는 웨일스 관련 책에 연필 자국을 내서 그동안 오빠들의 관심을 엉뚱한 데로 향하게 했었는데 이제 그 방법도 안 통할 것이다. 물론 엄마가 내게 남긴 돈에 대해 오빠들은 전혀 모르지만, 머지않아 내가 런던으로 향했다는 사실을 알게 될 터이니, 나도 더는 어쩔 도리가 없었다.

런던에 도착하자마자 다른 기차를 타고 다시 런던을 떠나 정처 없이 어디론가 가버린다면?

하지만 그렇게 한들 틀림없이 셜록 오빠는 표 판매업자들에게 내 행선지를 물어볼 것이다. 이제 검은 의상은 내 특징이 되어버렸기 때문이다. 그리고 혹시라도 내가 하운드스톤, 록킹햄, 푸딩즈워스 같은 곳에 가게 되면, 오히려 사람이 많은 런던에서보다 그런 곳들에서 훨씬 더 쉽게 나를 찾아낼 것이다.

그러니 런던으로 갈 수밖에 없다. 게다가 런던에 가고 싶어 하기도 했지 않은가. 그곳에 엄마가 있을 것 같아서가 아니라, 실은 정반대였다. 하지만 왠지 런던을 기점으로 해서 엄마를 가장 잘 찾을 수 있을 것 같기는 했다. 나는 항상 런던을 꿈꿔왔다. 왕실, 분수, 대성당이 있고 극장, 오페라, 연미복을 입은 신사들이 있는 곳. 다이아몬드를 치렁치렁 두른 여성들이 사는 곳이 바로 런던이었다.

또한…… 덜커덕거리는 소리를 뒤로한 채 런던을 향해 가는 기차 안에서 나는 이런 생각을 하며 베일 밑으로 미소를 머금고 있었다. 나의 런던행을 오빠들이 곧 알게 될 지금 상황에서 그들의 등잔 밑에 숨는 아이디어가 더더욱 마음에 들었기 때문이다. 나는 우연히 홈즈 가문에 태어난 오빠들의 여동생으로서 내 두뇌 용량을 두고 운운하는 그들의 견해를 바꾸어놓을 것이다.

좋다. 내가 가야 할 곳은 런던이었다.

하지만 상황이 돌변한 만큼 런던에 도착하자마자 마차를 탈 수는 없었다. 셜록 오빠가 마부들한테 물어볼 게 뻔했다. 때마침 하늘도 어둑어둑해지는 참이었다. 그렇다고 덮어놓고 호텔 방을 찾을 수도 없는 노릇이었다. 분명히 오빠가 호텔마다 전부 물어보고 다닐 게 뻔했다. 어떻게든 기차역에서 잘 벗어나려면 꽤 먼 거리를 걸어야만 할 것이다. 하지만 대체 어디로 간다? 엉뚱한 곳을 고르는 날엔 수상한 사람과 맞닥뜨리게 될지도 모를 일이었다. 소매치기나 극악무도한 살인자를 마주하게 될지도 몰랐다.

그건 그야말로 가장 끔찍한 경우이다.

이런 생각을 하다가 창문 밖 현기증 나는 풍경에서 막 눈을 돌려 복도 유리 창문을 흘깃 쳐다볼 때였다.

앗! 하마터면 비명을 내지를 뻔했다.

웬 보름달 같은 커다란 얼굴이 객실 안을 빤히 들여다보고 있었다.

유리 창문에 얼굴을 바짝 들이대는 바람에 코가 짜부라든 남자는 안을 들여다보며 승객을 하나하나 유심히 살폈다. 여전히 차가운 표정과 음산한 눈빛으로 이번엔 나를 빤히 응시하더니 이내 어디론가 훌쩍 사라져버렸다.

놀란 가슴을 쓸어내리던 나는 혹여나 옆자리 승객들도 나처럼 놀라지 않았을까 싶어 슬쩍 둘러보았다. 하지만 그래 보이지는 않았다. 옆 좌석의 모자 쓴 일꾼은 신고 있던 네모난 부츠를 바닥 한가운데로 쭉 내민 채 코를 골며 자고 있었고, 그의 맞은편으로 흑백 격자무늬 바지를 입고 홈부르크 해트(실크해트에 이은 정장 복장을 위한 신사용 중절모-역주)를 쓴 한 승객은 신문에 난 경마 기사를 뚫어져라 쳐다보고 있었다. 그리고 그의 옆이자 내 맞은편에 앉은 땅딸막하고 나이 지긋한 한 노파는 나를 유쾌한 시선으로 빤히 쳐다보고 있었다.

167

"무슨 문제 있어, 자기야?" 아주머니가 물었다.

자기라고? 남을 부르는 가장 기묘한 방법이렷다. 하

지만 나는 그냥 지나친 채 이렇게 물었다. "그 남자는 누구였나요?"

"누구 말인데, 자기야?"

아무래도 노파가 그를 전혀 보지 못했던지, 아니면 머리가 홀랑 벗어진 덩치 큰 남자들이 납작한 모자를 쓴 채 기차 객실 안을 들여다보는 게 극히 정상적인 일이었든지, 둘 중 하나였다. 왠지 나만 바보가 된 꼴이었다.

황당한 상황에 나는 절레절레 고개를 흔들며 중얼거렸다. "괜찮아." 물론 마음은 전혀 그렇지 않았다.

"검은 베일에 창백한 얼굴이라……." 객실에서 새롭게 알게 된 말벗이 계속해서 말했다. 이빨이라고는 하나도 남지 않은 평범한 노파였지만, 그녀가 쓰고 있는 모자는 결코 평범하지 않았다. 그 모자는 챙이 나팔 모양인 커다란 구식 보닛이었다. 모자에 달린 주황색 리본 끈이 그녀의 거칠거칠한 턱에 묶여 있었다. 또한 그녀는 원피스 대신 절반이나 털이 벗겨진 모피에 누리끼리한 블라우스와 빛바랜 단에 장식용 수술이 달린 낡은 자주색 스커트를 입고 있었다. 무슨 빵부스러기라도 하나 안 떨어지나 간절히 바라는 개똥지빠귀처럼 나를 응시하고 있던 그녀가 살살 달래는 투로 말했다. "상은 최근에 치른 거야, 자기야?"

오. 그녀는 내 가상의 사별한 남편에 대해 알고 싶어

했다. 나는 고개를 끄덕였다.

"그럼 이제 런던으로 가려고?"

역시 고개를 끄덕였다.

"흔한 일이지 뭐, 안 그래, 자기야?" 천박한 모양새의 나이 든 노파가 내 쪽으로 몸을 기울이더니 동정하는 듯한 회심의 미소를 지으며 말했다. "그럴싸한 사람을 잡았지만 그치는 지금 저세상으로 가버렸겠지?" 말하는 본새가 저속하기 그지없었다. "당신을 떠났고, 당신을 남겨두고 죽었지. 그렇지. 당신에게는 먹고살 수단도 안 남긴 채 말이야. 그리고 자기 얼굴이 꽤나 수척해 보이는 걸 보니, 아마 배 속에 애도 들었겠지?"

처음엔 이 노파가 뭔 소리를 떠들어대는 건지 거의 알아듣지 못했다. 귓속말로나 할 법한 그런 이야기들을 공공장소에서, 더군다나 (물론 누구도 알아챈 것 같지는 않았지만) 남자들 앞에서 떠벌리며 말하는 것을 들어본 일이 없었기 때문이다. 나는 그저 할 말을 잃은 채 충격에 빠져 있었다. 얼굴도 덩달아 발갛게 달아오르고 화끈거렸다.

나를 곤욕스럽게 하고 있는 자칭 이 친절한 노파는 내 얼굴이 홍조를 띤 것을 자기 질문에 대한 긍정으로 받아들이는 듯했다. 노파는 고개를 끄덕이면서 내게 더 바싹 몸을 갖다 붙였다. "그리고 지금은 도시에서 먹고살 거리를 찾을 수 있다고 생각하지? 음, 런던에 가본 적은 있어, 자기야?"

나는 가까스로 고개를 내저었다.

"그럼, 예전의 실수를 반복하지 마, 아무리 신사들이 약속을 한다 해도 말이지." 그녀는 마치 대단한 비밀이라도 말해주는 양 더 바짝 다가와 앉았다. 그렇지만 절대 목소리를 낮추지는 않았다. "동전 몇 닢이라도 필요하다면 말이지, 팁을 하나 알려주지. 옷 밑에서 페티코트 한두 개를 꺼내……."

정말 기절초풍할 노릇이었다. 다행히도 모자 쓴 일꾼은 코를 골며 자고 있었지만, 다른 한 남자는 어쩔 수 없이 신문을 높이 쳐든 채 얼굴을 가리고 있었다.

"……난 절대 놓치지 않아." 노파가 계속해서 지껄였다. "음, 런던에선 말이지, 많은 여자들이 당신이 입는 것과 같은 그런 페티코트를 갖고 있지 않아. 자기는 한 여섯 개쯤 입었을 거야. 주름잡아 부풀린 모양과 옷이 살랑살랑 스칠 때 나는 소리를 들어보면 알지."

이 여정을 간절히 원했던 만큼이나 나는 이 시련을 제발 좀 끝내고 싶었다. 어찌나 간절했던지 나도 모르게 아찔한 창밖을 내다보는 모험까지 감행했다. 유리로 된 열차 창문 밖으로는 이제 집들이 재빨리 획획 지나가고 있었다. 큰 건물들이 획획 지나가는 모습이 마치 벽돌 뭉텅이가 스쳐 지나가는 듯한 느낌이었다.

"그 페티코트들을 키플 가 외곽의 세인트 툭킹즈 레인에 있는 컬헤인 중고 옷 매장으로 가져가봐." 쭈그렁 노파가 참 끈질기게도 계속해서 말을 이어갔다. 이제 그 노파의 쭈그리고 앉은 자세는 개똥지빠귀보다는 두꺼비를 닮아 보였다. "그러니까 이스트엔드로 내려가라고. 부둣가 근처로 가면 매장이 어디쯤 있을지 감이 올 거야. 그리고 명심해. 일단 세인트 툭킹즈 레인을 찾으면, 다른 상인 중 한 명에게 가지 말고, 곧장 컬헤인 매장으로 가. 정말 실크제품이라면 페티코트에 상당한 값을 쳐줄 거야."

신문을 읽고 있던 남자가 낱장을 사각거리며 넘긴 후 헛기침을 했다. 나는 내 좌석의 가장자리에서 눈을 떼지 않은 채, 허리받이가 허락하는 한 가급적 멀리, 그 충격적인 쭈그렁 할망구의 반대편으로 몸을 기울였다. "감사합니다." 내가 중얼거리듯 말했다. 아무리 이 노파가 내게 도움이 되는 정보를 주려고 한들 난 얼마 동안 페티코트들을 팔 마음이 없었다.

사실 나는 내 과부 의상을 처분하고 다른 옷을 구해야 할지 어째야 할지 망설이던 차였다. 물론 내게 원하는 옷을 얼마든 주문할 돈은 차고도 넘쳤다. 하지만 주문 후에 옷을 만드는 데는 시간이 걸린다. 또 셜록 오빠는 틀림없이 저명한 재봉사들을 찾아 나에 대해 캐묻고 다닐 것이다. 게다가 온통 검은색 상복으로 휘감은 내가 더 이상 검은색 옷이 아닌, 장례 다음 해에나 입을 라벤더 무늬 회색 옷이나 흰색 옷을 맞춘답시고 치수를 재면 틀림없이 재봉사가 나를 기억해낼 것이다. 영리한 오빠 때문에 뭐 하나 호락호락 넘어갈 수가 없다. 내 외모를 그저 간단히 손볼 수는 없었다. 완전한 변장이 필요했다. 어떻게 하면 좋지? 빨랫줄에 걸린 옷들이라도 걷어다 입어볼까?

아, 순간 감이 왔다. 중고 옷 매장이 답이다. 키플 가 외곽의 세인트 툭킹즈 레인, 이스트엔드에서 옷을 구하자. 오빠가 거기까지는 캐묻고 다닐 것 같지 않았다.

나라도 거기까지는 생각지 않을 것 같았다. 원하는 옷을 맞춰 입으면 되지, 불필요한 위험을 떠안으며 모험할 필요는 없지 않은가.

11장

내 자리에서는 런던이 잠깐 흘낏 보일 뿐이었다. 하지만 앨더스게이트 역을 빠져나와 빠른 걸음으로 걸어가다 보니 빽빽한 인구의 광활한 대도시가 나타났다. 나는 잠시 이 대도시를 응시하며 서 있었다. 도시는 인공 황무지 같았다. 지금까지 본 어떤 나무보다도 더 높고 으스스한 건물들이 온통 주변을 둘러싼 채 우뚝 솟아 있었다.

오빠들이 여기에서 산다고?

맙소사, 여태 내가 알던 세상과는 비교도 안 되는, 기괴한 벽돌과 돌로 지은 이런 세상에서? 울긋불긋 오렌지 빛으로 물든 아지랑이 낀 하늘을 배경으로 여기저기 솟아 있는 수많은 굴뚝 꼭대기와 지붕이 달린 곳에서? 이곳 하늘은 황혼의 태양이 일렁거리는 노을빛을

173

내뿜는 동안 흑연색 구름이 낮게 드리워져 있었다. 그리고 잔뜩 찌푸린 하늘 위로는 도시의 고딕풍 건물들이 마치 악마의 생일 케이크 위에 올려놓은 양초처럼 불길한 기운을 내뿜으며 과거를 기념하기라도 하듯 우뚝 솟아 있었다.

나는 한동안 계속 그렇게 이 도시를 응시하고 있었다. 한참 그러고 있다 보니 어느새 무관심한 표정의 수많은 도시 거주자들이 제 볼일을 보느라 끊임없이 내 옆을 바삐 스쳐 지나가는 게 느껴졌다. 이제 나는 깊게 심호흡을 한번 한 다음 입을 다문 채 마른 침을 꿀꺽 삼켰다. 그러고는 이 기묘하게도 불길해 보이는 해질녘 광경 쪽으로 발길을 돌렸다.

어디에서나 그렇듯, 이곳 런던에서도 태양은 서쪽으로 진다고 나는 스스로에게 일러두었다. 그러므로 나는 어리둥절한 상태에서 기운이 쪽 빠져 있는 팔다리를 억지로라도 움직여 태양이 지는 반대 방향의 대로를 따라 내려가야 했다. 중고 옷 매장이 있는 동쪽의 부둣가이자 가난한 사람들이 사는 거리로 가고 싶었기 때문이다. 바로 이스트엔드라 불리는 그곳 말이다.

몇 블록 안 되는 곳에서 나는 빽빽한 건물들 사이 그늘이 드리워진 좁은 거리로 들어갔다. 등 뒤에선 여전히 해가 뉘엿뉘엿 지고 있었다. 도시의 밤하늘엔 별도

달도 빛나지 않았다. 오직 매장 창문에서 새어나오는 노란색 천 조각 같은 빛만이 인도를 장식할 뿐이었다. 이 빛 때문에 상대적으로 다른 곳은 더욱 칠흑같이 어두워 보였다. 칠흑 같은 어둠이 아른거리는 사이로 환영처럼 나타났다가 몇 발짝 지나고 나면 다시금 사라지는 행인들이 간간이 보였다. 마치 꿈의 한 장면이기라도 하듯, 한쪽 구석에서는 가스등이 그 희미한 빛 자락을 드리우는 가운데 그 틈새로도 행인들이 다시금 나타났다 사라지곤 했다.

악몽에서나 나타날 법한 장면도 펼쳐졌다. 그늘진 구석을 빠르게 들락날락거리는 쥐들은 이 도시에 걸맞게 대담해서 그런지 내가 근처를 지나는데도 달아날 생각조차 하지 않았다. 나는 이 징그러운 녀석들을 되도록 보지 않으려고 시선을 피하면서 쥐 같은 건 없다고 스스로 최면을 걸었다. 하지만 이 대도시에서 내가 시선을 피하고 싶은 건 비단 쥐뿐만이 아니었다. 면도도 하지 않은 진홍색 스카프를 두른 남자와 누더기 차림의 굶주린 소년, 피로 범벅된 앞치마를 두른 덩치 큰 남자와 길모퉁이에 있는 맨발의 집시 여인도 쳐다보지 않으려고 애썼다. 그러고 보니 런던에도 집시가 있었다! 하지만 이곳 집시는 지방에서 흔히 보듯 자부심으로 똘똘 뭉친 유목민 집시가 아니었다. 그저 땟국물이 흐르는, 굴뚝 청소부 같은 더러운 거지 집시였다.

이런 곳이 런던이었던가? 극장들과 마차들은 다 어디에 있을까? 모피코트에 야회복을 입고 보석을 두른 여성들은? 앞섶을 허리께부터 비스듬히 재단한 연미복 차림에 흰색 나비넥타이를 매고 금장식 핀을 꽂은 신사들은 또 어디에 있을까?

대신 이곳에는 안색이 창백한 한 남자가 마치 걸어 다니는 개집처럼 앞뒤로 광고판을 메고서 왔다 갔다 하고 있을 뿐이었다. 광고판에는 이런 글귀가 적혀 있었다.

흠잡을 데 없는
윤기 있는 머릿결을 원하신다면
밴 켐프트의
마카사르 오일을 써보세요

꾀죄죄한 차림의 아이들이 이 남자 주위를 빙빙 돌더니 그의 머리에 씌워진 찌그러진 중산모(꼭대기가 둥글고 높은 서양 모자-역주)를 휙 채가는 게 보였다. 그러자 주변에서 뛰어놀던 한 여자아이가 큰 목소리로 남자를 놀려댔다. "겨자는 어디에 감춰놨꼬?" 아이들 딴에는 이 말이 꽤나 재미났던지 마치 어린 밴시들(아일랜드 민화에 나오는 구슬픈 울음소리로 가족 중 누군가가 곧 죽게 될 것임을 알려준다는 여자 유령-역주)처럼 깔깔 웃어댔다.

어두운 거리에는 이런 소음이 여기저기 울려 퍼지고 있었다. 상점 주인들은 거리의 부랑자들에게 "썩 꺼져 버려!" 고함을 쳐댔고, 그 한편으로 사륜마차가 덜컹거리며 지나갔으며, 생선 장수는 "저녁 식사를 위한 신선한 해덕(대구와 비슷하나 그보다 작은 바닷고기-역주)이요." 라고 외쳐대고 있었다. 선원들은 고래고래 소리치며 서로 인사하고 있었고, 비질이 되어 있지 않은 출입구에서는 어떤 뚱뚱한 여자가 "사라! 윌리!" 하며 버럭 소리를 내지르고 있었다. 문득 그 광고판 남자를 괴롭히던 아이들이 이 여자의 아이들은 아니었는지 궁금해졌다. 그러는 와중에도 목청이 떠나갈 듯 상스러운 목소리로 대화하는 사람들이 끊임없이 내 옆을 스쳐 지나가고 있었다. 나는 마치 이곳에서 도망치기라도 하듯 발걸음을 재촉했다.

너무나도 많은 낯선 광경과 소란을 겪으면서, 내 뒤를 따라오는 발소리를 듣지 못한 것도 어찌 보면 당연한 일이었다.

밤이 깊고 어두워질 때까지도 나는 알아채지 못하고 있었다. 처음엔 그냥 그런가 보다 하다가 어둠이 점점 암울해지는 그 거리 자체라는 것을 깨달았다. 어떤 상점도 더는 빛을 비추지 않는 가운데 오직 선술집만이 구석에서 눈부신 불빛을 뿜어내고 있었다. 덕지덕지 분칠한 하얀 얼굴에 빨간 립스틱을 바른 한 여자가 눈에 띄었다. 아마도 매춘부인 듯싶었다. 씻지 않은 그녀의 몸에서는 악취가 진동했다. 하지만 그보다 더한 건 가슴 부분이 깊게 파이고 싸구려 티가 나게 번쩍이는 드레스에서 풍겨 나오는 지독한 술 냄새였다. 그런데 악취는 그녀에게서만 나는 게 아니었다. 런던의 이스트엔드 지역 전체가 데친 양배추와 무연탄, 템스 강 주변의 썩은 생선과 배수로 오물에서 나는 악취로 진동을 하고 있었다.

사람들에게서도 배수로에서도 악취가 풍겨 나왔다.

술에 취한 건지 아픈 건지, 아예 쓰러져 누워 있는 남자도 보였다. 잠든 강아지처럼 웅크린 채 옹기종기 모여 있는 아이들도 보였다. 문득 '이 아이들은 집이 없구나.'라는 생각이 들었다. 마음이 아팠다. 아이들을 깨워 빵과 고기와 파이를 사도록 돈이라도 쥐여주고 싶은 심정이었다. 하지만 보폭을 넓혀가며 내 갈 길을 계속 갔다. 불안했다. 왠지 곧 위험이 닥칠 것만 같은 느낌이 들었다……

그때 내 앞으로 인도를 따라 검은 형체 하나가 기어왔다. 말 그대로 정말 기어왔다. 바닥에 손과 무릎을 대고 맨발을 질질 끌면서 말이다.

그런 비참한 상태로 내몰려 바닥을 기어다니고 있는 한 늙은 여인의 등장에 나는 꿀 먹은 벙어리마냥 머뭇거리며 서 있었다. 이 여자는 찢어지고 낡아서 올이 다 드러난 드레스를 아무렇게나 걸친 채 드레스 안에는 속옷조차 입고 있지 않았다. 머리엔 누더기 천 조각 하나 씌어 있지 않았고, 머리카락조차 없는 그녀의 머리 가죽을 덮고 있는 건 온통 상처뿐이었다. 순간 나도 모르게 악 소리가 나오는 것을 꾹 참았다. 마치 달팽이가 기어가듯 천천히 손가락과 무릎으로 겨우 움직이던 그녀가 나를 쳐다보려고 슬며시 고개를 몇 인치 정도 들어 올렸다. 그때 나는 구즈베리 나무의 열매처럼 창백한 그녀의 눈빛을 보았다…….

하지만 너무 오랫동안 머뭇거렸다. 등 뒤에서 무거운 발걸음 소리가 들려왔다.

나는 젖 먹던 힘까지 다해 달아났지만 이미 때는 너무 늦었다. 발소리가 나를 덮쳤다. 단단한 손이 내 팔을 꽉 움켜쥐었다. 비명을 지르기 시작했지만, 어느새 쇳덩이 같은 손이 내 입을 틀어막았다. 귓가에 굵은 목소리가 나직하게 울려 퍼졌다. "움직이거나 소리치면 죽을 줄 알아."

나는 공포에 휩싸인 채 꽁꽁 얼어붙었다. 휘둥그레

179

진 눈으로 어두움을 응시하는데 도통 움직일 수가 없었다. 간신히 숨만 쉴 수 있을 뿐이었다. 내가 헐떡거리자 남자가 쥐었던 내 팔을 놓고는 뒤에서 감싸 안으며 이번엔 내 두 팔과 몸을 옥죄어왔다. 설마 그의 가슴일 것이라고는 생각지도 못할 만큼 돌벽 같은 느낌이 등 뒤로 전해져왔다. 그가 손으로 내 입을 틀어막았다. 그 순간 떨리는 입술로 뭔가 소리 내어 말하려는데 어둑한 밤 금속의 번득거림이 흐릿하게 먼저 내 눈에 들어왔다. 뭔가 긴 형체의 물건이었다. 그 물건은 차츰 가늘어지더니 얼음 조각처럼 끝이 뾰족해졌다. 칼날이었다.

정신이 혼미해질 지경이었지만 칼을 쥔 손이 눈에 띄었다. 새끼 염소 가죽으로 만든 황갈색 장갑을 낀 커다란 손이었다.

"그는 어디에 있지?" 남자가 위협적인 목소리로 물었다.

뭐라고? 누가 어디에 있냐는 거지? 나는 한마디도 할 수가 없었다.

"튜크스베리 경은 어디에 있지?"

나는 이해할 수가 없었다. 런던에 있는 괴한이 왜 내게 실종된 귀족의 일을 묻고 있는 거지?

그때 불현듯 기차 객실 안을 자세히 들여다보면서 유리 창문에 코가 짓눌렸던 얼굴이 떠올랐다.

"마지막으로 한 번만 더 묻겠다." 괴한이 화를 삭이며 나지막한 목소리로 다시 물었다. "튜크스베리 자작이자 배질웨더 후작, 어디에 있지?"

자정이 지날 무렵이 틀림없었다. 선술집에선 여전히 음정이 맞지 않은 외설적인 노래와 함께 맥주를 거나하게 마시고 고함쳐대는 쉰 목소리가 울려 퍼졌다. 하지만 그 외에 보이는 거라곤 텅 빈 도로와 인도뿐이었다.

범죄가 도사리기에 알맞을지는 몰라도 도움을 바라기에 적합한 장소는 아니었다.

"저, 저는, 아……." 나는 간신히 더듬거리며 말을 이었다. "저는 아무것도 몰라요."

칼날이 턱 밑에서 번뜩거렸다. 높은 옷깃을 통해 칼이 목에 와 닿는 압박감이 느껴졌다. 침을 꿀꺽 삼킨 나는 두 눈을 질끈 감았다.

"장난질하지 마." 괴한이 내게 경고했다. "너는 자작에게 가는 길이었다. 자작은 어디에 있지?"

"잘못 아신 거예요." 당황하지 않고 말하려 했지만, 내 목소리는 이미 떨리고 있었다. "터무니없는 망상이군요. 전 아무것도 아는 게 없어요……."

"거짓말." 나는 그의 팔 근육에서 살의를 느꼈다. 그의 손에 들린 칼이 휙 움직이더니 내 목을 그었다. 아니, 고래수염으로 빳빳한 내 옷깃을 베었다. 마지막이되었을지도 모르는 숨을 내쉬며 나는 냅다 비명을 질렀다. 그러고는 이 극악무도한 자의 손아귀를 비틀고 여행용 손가방을 들어 위아래로 마구 후려쳤다. 이자의 얼굴을 때렸다고 느낀 순간 손가방이 손에서 벗어나 획 날아갔다. 그는 내게 무시무시한 저주를 퍼부었고 나를 꽉 붙잡은 손이 조금 느슨해지긴 했지만 내가 벗어날 수 있을 정도는 아니었다. 비명을 지르는 순간 그의 긴 칼날이 내 옆구리를 찔러 코르셋에 부딪히는가 싶더니 또다시 살을 파고들기 위해 옷 속을 찔렀다. 그러나 칼날은 살 대신 옷을 길게 자르고 너덜너덜하게 만들어놓았다. 나는 그를 필사적으로 떼어내고 있는 힘을 다해 달렸다.

나는 소리쳤다. "도와주세요! 도와주세요!" 어둠 속으로 더듬거리며 달리고 또 달렸다. 내가 어디에 있는지 통 알 수 없었다.

"여기예요, 부인." 어둠 속에서 높고 째지는 톤의 남자 목소리가 들려왔다. 결국 누군가 내가 도와달라고 외치는 소리를 들었던 것이다. 나는 안도감에 거의 흐느끼면서 소리 나는 방향으로 몸을 돌려, 타르 냄새를 풍기는 건물들 사이의 비좁고 비탈진 골목을 따라 거꾸러지듯 달려 내려갔다.

"이쪽이에요." 순간 비쩍 마른 손이 내 팔꿈치를 붙잡는 게 느껴졌다. 그 손이 어두운 밤을 가르고 깜박이는 뭔가를 향해 나를 굽이진 길로 인도하고 있었다. 강이다. 이 안내자는 발밑 강물의 흐름을 따라 들썩거리고 있는 좁은 나무 통로 위로 나를 이끌었다.

불안감에 나도 모르게 멈칫했다. 내 심장 소리는 전보다 더 쿵쾅거렸다.

"어디로 가는 거죠?" 내가 모기만 한 목소리로 물었다.

"시키는 대로 해." 그의 손은 이미 등 뒤에서 내 팔을 비틀고 있었다. 그러고는 내가 알지도 못하는 목적지를 향해 나를 밀쳐댔다.

"멈춰요!" 나는 신고 있던 부츠 힐로 널빤지들을 밟아가며 안 가려고 버텼다. 걱정보다는 불쑥 화가 치밀었다. 괴한이 난폭하게 나를 덮쳤다. 그렇게 가방을 잃어버리고, 칼로 위협받고, 옷이 찢기며, 내 계획도 덩달아 너덜너덜해졌다. 아울러 날 구해준 사람이라고 여겼던 이는 새로운 적이 되었다. 신경이 날카롭게 곤두섰다. "멈추라고, 이 불한당 같은!" 나는 있는 힘껏 크게 소리 질렀다.

"입 닥쳐!"

그는 내 팔을 고통스럽게 비틀며 거칠게 떠밀었다. 나는 넘어져 비틀거리면서도 앞으로 걸어가지 않을 수 없었다. 하지만 그러면서도 계속해서 고래고래 소리쳤다. "천벌을 받을 놈! 이거 봐!"

순간 그가 묵직한 무언가로 내 오른쪽 귀 부분을 세게 내리쳤고, 어둠 속에서 나는 옆으로 쓰러졌다.

내가 기절했다는 건 적절치 않다. 나는 절대 기절하지 않았으며, 이런 내 말이 틀리지 않기를 바란다. 그저 내가 잠시 의식을 잃었다고 해두자.

눈을 깜박이며 정신을 차렸을 때쯤, 나는 두꺼운 널빤지 위에 반은 앉고, 반은 누운 이상한 자세를 하고 있었다. 그리고 마로 만든 끈에 의해 손은 등 뒤로, 발목은 앞으로 묶여 있었다. 위를 올려다보니 천장 꼭대기의 엉성한 널빤지에서 흔들거리는 등잔이 희미한 빛과 함께 기분 나쁜 온기와 숨 막히는 악취를 내뿜고 있었다. 발밑에는 테라빈유 색깔의 더러운 물이 고여 있었고, 그 주변으로 커다란 돌들이 놓여 있었다. 이 돌들은 마치 고향에서 내가 가장 좋아하는 계곡을 소형으로 만들어놓은 조잡한 모조품 같았다. 나는 눈을 감고 메스꺼운 느낌이 사라지기를 기다렸다.

하지만 거북함은 가시지 않았다. 움직임도 여전히 불편했다. 이상하게도 머리가 이렇게 가벼운 느낌이 드는 건 나를 묶어놓은 자가 내 모자를 벗겨버렸기 때문인 듯했다. 아마도 모자에 달린 핀에 찔릴까봐 그랬던 모양이다. 머리가 휑하니 드러난 채 헝클어진 머리카락만큼이나 내 앞길이 요동치는 듯했지만, 그렇다고 몸이 아프지는 않았다.

내가 누워 있는 곳은 보트의 지하 저장고였다.

그러니까 선체 말이다. 그들이 배의 몸체를 선체라고 불렀던 것으로 기억한다. 나는 배에 대한 경험이 거의 전무했지만, 보트를 한두 번 타본 적은 있었다. 위아래로 흔들리는 느낌으로 보아, 지금 내가 갇혀 있는 이 배는 말하자면 부두에 정박해 있는 듯했다. 물에 떠 있긴 하나 버팀용 말뚝에 묶여 있는 상태 말이다. 등잔이 달려 있는 천장은 배 갑판의 밑면이었다. 그러니까 발밑의 더러운 웅덩이는 배의 밑바닥이었고, 내가 돌이라 여겼던 것은 바닥짐(배나 열기구에 무게를 주고 중심을 잡기 위해 바닥에 놓는 무거운 물건-역주)이었다.

눈을 크게 뜨고 어두운 감옥을 훑어보니 그곳엔 나 혼자가 아니었다.

내가 있는 반대편, 다시 말해 내가 웅덩이로 여겼던 배 밑바닥을 가운데 두고 반대쪽에 한 소년이 손은 등 뒤로, 발목은 앞으로 묶인 채 나를 마주 보고 있었다.

그는 나를 세세히 살피고 있었다.

잔뜩 찡그린 눈매는 어둡고 턱은 단단해 보이는 소년이었다.

소년은 잘 맞지 않는 값싼 옷을 입고 있었고, 무력하

고 아파 보이는 창백한 얼굴에 맨발 상태였다.

　손질을 하지 않아 거칠해진 금발 머리를 지닌 소년의 얼굴은 어디선가 본 적이 있는 모습이었다. 비록 신문 일면의 사진에서만 본 모습이었지만 말이다.

　바로 튜크스베리 자작이자 배질웨더 후작이었다.

12장

하지만…… 하지만 어처구니없고, 불가능한 일이었다. 그는 바다로 도망가고 있어야 했다. 나는 내가 누구라는 기본적인 소개도 하지 않은 채 외쳤다. "도대체 여기서 뭘 하고 있는 거죠?"

　금빛 눈썹이 동그랗게 휘어질 정도로 잔뜩 놀란 눈을 하고서 소년이 말했다. "제가 아는 분인가요?"

　"전혀요." 놀란 마음과 알 수 없는 분노로 나도 모르게 벌떡 일어섰다. 일어서서도 계속 화가 가시지 않았다.

　"튜키, 난 그쪽을 알아요."

　"그렇게 부르지 마요!"

　"좋아요. 튜크스베리얼 엣 씨 경(Tewksburial-at-sea, 바다에 묻힌 튜크스베리 씨-역주), 도대체 보트 안에서 맨발로 뭘 하고 있는 거죠?"

"누가 할 소리. 당신이야말로 어린 과부가 얼마나 당돌하길래 이렇게 의문스러운 차림새로 쏘다니나요?" 날가로운 그의 말투가 더욱 귀족처럼 변해갔다.

"쳇." 내가 되받아쳤다. "이튼(런던 서남방의 도시-역주) 억양을 지닌 선원이 그렇게 말한다는 건가요?"

"흠, 결혼반지도 없는 과부가 발끈하는 건가요?"

손이 뒤로 묶여 잘 볼 수 없던 나는 내 손이 지금 어떤 상태인지 모르고 있었다. 하지만 허리받이를 이용해 상체를 꼿꼿이 세운 다음, 손목이 묶인 끈 사이로 손가락들을 더듬어보고서는 이내 버럭 소리를 질렀다. "그자가 내 장갑은 왜 가져간 거죠?"

"그들이요." 자작 나리가 내 말을 정정했다. "한 명이 아니라 두 명이에요. 그들이 당신의 반지를 훔치려고 했지만, 아무것도 찾을 수 없었어요." 건방지고 강연하는 듯한 말투 속에서도 나는 그의 얼굴이 얼마나 창백한지, 그의 입술이 얼마나 떨리는지 볼 수 있었다. "그들이 당신의 주머니도 뒤졌어요. 그 안에 몇 실링과 머리핀, 세 개의 클라리넷, 좀 더러운 손수건……."

"그렇군요." 나는 죽 읊어대는 그의 말을 얼른 가로막았다. 내가 의식이 없을 때 이상한 남자들이 내 주머니에 손을 넣었다는 그 생각만으로도 몸서리가 쳐졌기 때문이다. 감사하게도 그들이 실제로 내 몸에 손을 대지는 못했다. 내가 즉흥적으로 고안해 옷 속에 착용한 짐들, 그러니까 가슴 보정기, 엉덩이 조절기, 허리받이가 원래 있던 자리에 잘 들어 있는 것으로 보아 알 수 있었다.

"……빗, 머리핀, 작은 꽃무늬 책자, 그리고……."

마치 자작이 내 눈앞에서 엄마를 죽이기라도 한 것처럼 마음에 극심한 고통이 밀려왔다. 두 눈도 화끈거렸다. 하지만 난 입술을 깨물며 참아야 했다. 상실감에 사무쳐 통곡할 때도, 장소도 아니었기 때문이다.

"……그리고, 당신 옷의 한쪽이 칼에 베어 활짝 뚫려 있던데, 언뜻 보니 물의를 빚을 만한 핑크색 코르셋이더군요."

"무례하군요!" 극심한 고통이 화를 돋웠다. 당황한 마음에 얼굴이 화끈거리고, 격분한 나머지 벌벌 떨리기까지 했다. 내가 발끈하며 내뱉었다. "손발이 묶인 채로 여기 있는 게 당신 수준에 딱 안성맞춤이네요."

"그러면 나보다 어린 소녀께서는 어쩌다가 같은 취급을 당하고 있죠?"

"난 당신보다 나이가 많아요!"

189

"몇 살이나 더 많은데요?"

아무에게도 발설하지 말아야 한다는 것을 기억해내기도 전에 하마터면 내 나이를 말할 뻔했다. 젠장, 그는 영리했다.

그런데 막상 허세는 부렸지만, 사실 그는 겁에 질려 있었다.

나만큼이나.

숨을 깊이 들이마신 후, 나는 부드럽게 물었다. "여긴 얼마나 오래 갇혀 있었죠?"

"한 시간 정도요. 작은 놈이 나를 붙잡는 동안, 큰 놈은 어떤 이유에선지 당신을 쫓아가고 있더군요. 나는……."

위에서 육중한 발걸음 소리가 들리자 순간, 자작이 말을 멈추었다. 발걸음이 멈추자 우리가 갇힌 곳 끝에 있는 등불이 우리 안쪽을 사각형 빛으로 비추었다. 남자 하나가 우스꽝스러운 뒷걸음으로 사다리를 내려오는가 싶더니 그자의 고무 부츠가 먼저 눈에 띄었다.

"이놈을 가둬둔 지 한 시간 정도 됐거든." 내려오고 있는 한 남자가 위에 있는 누군가에게 말했다. 나는 그의 날카로운 목소리를 알아챘다. 깡마르고, 왜소하며, 허리가 굽은 이 남자는 많이 맞고 많이 굶주린 잡종견처럼 몸을 웅크리며 사다리를 타고 내려오고 있었다. "그레이트 이튼호를 정박시킨 부둣가에 관해 네가 전보로 알려준 바로 그곳에서 튜크스베리를 찾았지. 그런데 튜크스베리 이놈을 어떻게 할지는 알겠는데 이 여자아이는 어쩌지?"

"튜크스베리와 똑같이 처리하면 되지." 다른 한 명의
남자가 뒤이어 내려오면서 괄괄한 목소리로 말했다.
나는 그 목소리도 이내 알아챘다. 이어 지금은 볼품없
지만 한때 말끔한 신사가 입었을 짙은 색 상의를 걸친
그의 거대한 팔다리와 검은색 부츠를 태연하게 지켜봤
다. 그가 들고 있는 등불 빛에서 그의 낡은 염소 가죽
장갑 색깔이 노란색인 걸 알 수 있었다. 상류층의 여러
신사 숙녀와 아주 흡사하게 그는 염소 가죽 장갑을 끼
고 있었다. 이 염소 가죽 장갑으로 말하자면, 자신이 특
정 사회 계층임을 넌지시 드러내는 물건이었다.

하지만 이 육중한 덩치의 뒤통수가 보이기 시작했을
때, 나는 그가 신사용 모자가 아니라 노동자의 납작한
모자를 쓰고 있다는 것을 알았다.

나는 마음의 준비를 단단히 하고, 때마침 그가 돌아
봤을 때 그의 얼굴을 보았다.

과연, 내가 탄 기차의 객실 안을 들여다보던, 마치 불
길한 달덩어리같이 차갑고 희멀겋기만 하던 그 얼굴
이었다. 게다가 불길하기 짝이 없는 희멀건 대머리였
다. 그것도 모자를 벗은 모습이, 귀 주변에만 남은 짧고
뻣뻣하고 불그스레한 머리카락을 빼면 상당히 벗어진,
구더기처럼 역겨운 대머리였다.

"우리가 이 튜크스베리 놈을 못 잡기라도 해야, 자네가 저 여자애를 표적으로 삼을 줄 알았거든." 왜소한 남자가 말했다.

"다시 말하지만 우리 계획은 그거였어." 대머리의 덩치 큰 남자가 느릿느릿 말했다. "하지만 이 여자아이가 자기 이름이 홈즈라고 하니 어쩌겠어. 붙잡아야지." 그는 동료인 왜소한 남자에게 말하고 있었지만, 커다래진 내 눈과 떡 벌어진 입을 보자 히죽히죽 능글맞게 웃으며 음흉한 눈빛으로 내 얼굴을 빤히 쳐다봤다. 나는 충격받은 모습을 감출 길이 없었다. 그가 내 정체를 어떻게 알았을까? 어떻게 그게 가능하지?

내 반응에 만족한 대머리 남자는 왜소한 남자에게로 다시 시선을 돌리며 말했다. "저 여자애 말이 자신이 셜록 홈즈와 관련 있다니, 그 말이 사실이라면 저 여자애를 잡아둔 대가로 얻을 게 있다고 봐야겠지."

왜소한 남자가 말했다. "그러면 왜 저 아이를 죽이려고 했던 거야?"

역시 내가 추측한 대로 주변머리만 남은 덩치 큰 대머리가 나를 공격했던 극악무도한 자였다.

그자가 건장한 어깨를 으쓱이며 아무렇지도 않은 듯 말했다. "저 여자애가 나를 짜증나게 했거든." 상황이 차차 이해되기 시작하면서 나는 크게 벌어진 입을 가까스로 다물었다. 그자가 기차에서 나를 쳐다보고 있었으며, 나를 그 기차에서부터 줄곧 쫓아왔던 것이다.

하지만…… 하지만 도통 이해가 되지 않았다. 왜 내게 다가와 위협할 때 내가 튜크스베리 경이 어디 있는지 안다고 생각했을까?

"성질 한번 더러운 여자애더군." 극악무도한 자가 빙판같이 차가운 눈으로 나를 잔뜩 노려보았다. 익숙한 눈빛이었다. 물론 더는 떠올리고 싶지 않은 눈빛이었지만 말이다. 나는 너무 겁을 먹은 나머지 벌벌 떨고 있었다. 그가 내게 말했다. "이 근처 여자들은 칼을 막아줄 코르셋을 살 돈도 없다고 봐야지. 그래서 내가 한창때에는 여러 명의 배를 갈라 활짝 열어놓았지. 그러니 네가 여기서 살아 나간다면 나를 다시 마주치지 않는 게 좋을 거야."

나는 어떤 적절한 대답도 생각할 겨를 없이 그냥 잠자코 앉아 있었다.

솔직히 말하면 반쯤 정신이 나간 채 두려움에 떨고 있을 뿐이었다.

하지만 그때 곱사등의 왜소한 남자가 한껏 즐기던 덩치 큰 대머리 남자의 흥을 깼다. "음, 좀 조심하는 게 좋겠어. 셜록 홈즈는 자극하지 않는 게 좋아. 듣자하니 자네는 그 탐정 나리의 상대가 안 돼."

건장한 대머리 남자가 왜소한 남자에게 다시 시선을 돌렸다. "꼴리면 나오라고 해. 누구든 상대해주지." 그의 목소리가 칼날처럼 날카롭게 나를 위협했다. "난 눈 좀 붙일 테니, 자네가 이 둘 좀 감시해."

"어차피 그러려고 했다고." 왜소한 자가 중얼거렸다. 하지만 그 거대한 야수 같은 남자가 사다리 위로 사라진 뒤에나 중얼거릴 뿐이었다.

비쩍 마른 남자, 그러니까 그 잡종견 같은 왜소한 감시자는 사다리에 등을 기댄 채 우리를 악랄한 눈빛으로 빤히 쳐다봤다.

내가 그에게 물었다. "당신의 정체가 뭐죠?"

등잔의 희미한 불빛에서도 누런 이빨을 드러내고 히죽히죽 웃는 그의 입안에 이빨이 몇 개 안 남은 게 보였다. "차먼 더 홀스애플 왕자님이시다." 그가 내게 말했다.

말도 안 되는 헛소리였다. 나는 그를 쏘아보았다.

"서로 소개하고 있지 않았나요?" 튜크스베리 경이 내게 말했다. "도대체 당신 이름이 뭐길래 그래요?"

나는 그를 향해 고개를 가로저었다.

곱사등의 왜소한 자가 날카로운 목소리로 튜크스베리를 저지시켰다. "조용히 해."

내가 그에게 차갑게 물었다. "당신과 당신 친구는 우리를 어떻게 할 작정이죠?"

"재미있는 곳으로 데려가주지. 어쨌든 조용히 해!"

더 이상 대꾸하고 싶지 않아 나는 옷의 잘린 부분이 밑으로 가게 하면서 맨 널빤지 위에 옆으로 눕고는 눈을 감았다.

손이 뒤로 묶인 상태이다 보니 잠이 들기는커녕, 잠든 척하기도 힘이 들었다. 한술 더 떠 강철 늑골 형태 코르셋의 뾰족한 끝마저 팔 아랫부분을 고통스럽게 찔러대고 있었다.

몸뿐 아니라 마음도 편안할 리 만무했다. 아까 이자들이 얘기한 바에 따르면 나를 잡아둔 '대가'란 바로 돈을 의미했다. 그렇다면 내가 붙잡혀 있는 건 몸값 때문이라는 결론이 나온다. 엉덩이를 때려가며 나를 기숙사로 보낼 게 확실한 오빠들한테 되돌려 보내지는 것만큼 굴욕적인 일은 생각할 수도 없었다. 나는 엄마가 남겨준 지폐까지 이자들에게 뺏길까봐 두려웠다. 도대체 어떻게 저 덩치 큰 대머리 놈이 나를 따라올 정도로 나에 대해 알고 있었을까? 더 간담이 서늘했던 건, 어떻게 튜크스베리 자작에 대해 알고 그 잡종견 같은 공범에게 튜크스베리에 대한 전보를 쳤을까 하는 점이었다. 나는 건장한 대머리 남자가 나에 대해 "튜크스베리와 똑같이 처리하면 되지."라고 말한 게 무슨 뜻인지 궁금했다. 공포로 부들부들 떨릴 지경이었지만 도망칠 기회를 잡아야 한다고 스스로 마음을 다잡았다. 동시에 더 이상 떨지 말고, 좀 더 차분히 호흡하고, 에너지를 비축해두기 위해서라도 잠을 좀 자둘 만큼 현명해져야 한다고 생각했다.

보트의 선체 모양 때문에 다소 해먹같이 생긴 불편한 경사면에 몸을 뉘였다. 게다가 내 옷 속의 비밀 주머니에는 비밀 물건이 잔뜩 들어 있는 상태였다. 팔다리를 뒤척이며 편한 자세를 취하려고 애써봤지만, 별 소용은 없었다. 빌어먹을 코르셋의 강철 늑골이 팔을 찔러대어 욱신거리는 데다 드레스의 찢어진 곳을 통해 그것이 살을 찔러댈 때마다 저 극악무도한 자의 나이프가 자꾸 연상되었기 때문이다.

강철. 나이프.

나는 꼼짝도 하지 않고 누워 있었다.

아, 그러니까 그렇게 할 수 있을 때만.

잠시 생각한 후, 그 째진 목소리의 감시견 같은 자를 몰래 엿볼 수 있을 정도로만 살짝 눈을 떴다. 다행스럽게도 내 모디스티(깊게 파인 드레스의 앞가슴에 대어 노출을 완화하는 레이스 등의 장식-역주) 덕분에 코르셋 속에 넣어둔 것들을 감춘 채 오른쪽으로 누워 그를 쳐다볼 수 있었다. 그는 여전히 사다리에 등을 대고 앉아 있었다. 하지만 머리를 늘어뜨린 자세였다. 잠이 든 것이다.

그가 사다리에 기대 있는 한, 어떻게 그를 지나갈 수 있을까? 하지만 그 문제는 나중에 짚어볼 것이다.

될 수 있는 한 조용히, 코르셋의 돌출된 늑골 부위에 묶인 손목을 대보려고 애쓰면서 상체를 다른 방향으로 돌렸다.

자세를 바꾸기가 쉽지 않았다. 드레스의 베인 자국이 옆쪽이었기 때문이다. 하지만 한 팔꿈치로는 몸을 지탱하고 다른 한 팔은 이를 악물고서 무리할 정도로 움직여가며 마침내 손목에 묶인 끈을 강철로 된 코르셋 지지대의 뾰족한 끝에 닿게 할 수 있었다.

사실 몸을 너무 많이 구부린 탓에 거기서 더 비틀어 움직인다는 건 말도 안 되는 일이었다. 하지만 두껍게 풀 먹인 직물로 감싸진 그 강철 코르셋 지지대 끝부분을 손목 끈에 갖다 대려고 안간힘을 썼다.

그러고 나서, 훨씬 더 뒤틀린 자세로 그 끈들을 끊기 시작했다.

나는 한 번도 튜크스베리 경을 쳐다보지 않았다. 가급적 그를 생각하지 않으려고 애쓰면서, 그가 틀림없이 잠들었을 것이라고 스스로에게 암시했다. 그렇지 않으면 그가 보는 앞에서 그런 흉한 자세로 몸부림치고 있는 상황에 견딜 수 없는 굴욕감을 느꼈을 것이다.

앞뒤로, 앞뒤로, 묶인 손목을 코르셋 강철에 대고 누르면서 손과 팔에 힘을 주어 힘겹게 톱질을 해댔다. 고통스럽게, 꽤나 오랜 시간을 그러고 있었다. 그 끔찍한 시간이 얼마나 흘렀는지 가늠할 수도 없었다. 어두운 감옥과 같은 곳에서 낮과 밤을 구별할 수도 없었기 때문이다. 끈이 끊어지고 있는지 어떤지도 알 수 없었다. 제대로 하고 있는지 직접 눈으로 볼 수도 없었기 때문이다. 어쩌면 나 자신을 베고 있을 수도 있었다. 하지만 그럴수록 더 이를 악물었다. 그렇게 내 눈은 잠들어 있는 그 째진 목소리의 감시견 같은 자에게 꽂혀 있었고, 귀는 나 자신의 호흡을 넘어 더 미세한 소리를 들으려고 안간힘을 쓰고 있었다. 파도의 찰랑거리는 소리, 배 밑바닥 물의 찰랑거리는 소리, 보트가 부두에 맞닿아 떠 있으면서 뭔가에 살짝살짝 부딪히는 소리를 들었다. 아니, 듣는다기보다 느끼려고 애썼다…….

벼룩이 성가시게 굴었던지 째진 목소리의 작자가 자다가 뒤척였다. 그자가 혹 눈을 뜰까봐 나는 재빨리 비틀었던 자세를 바로잡아 손목을 감췄다.

"이런 젠장." 선잠을 깬 그가 나를 쏘아보면서 불평을 터뜨렸다. "망할 놈의 배는 도대체 왜 이렇게 흔들리는 거야?"

13장

나는 잔뜩 얼어붙은 채 덤불 속 토끼처럼 몸을 웅크리
고 있었다.

하지만 선체의 다른 한쪽에선 강력한 저항의 목소리
가 울려 퍼졌다. "뭣 때문에 흔들리느냐고? 나는 이 보
트가 막 흔들리길 원해. 아니 반드시 막 흔들려야 해."

어린 튜크스베리 자작 겸 배질웨더 공작이 일어나
앉아 몸을 앞뒤로 흔들고 소리쳐대며 정석을 깼다.

"거기!" 째진 목소리를 내는 작자의 피도 눈물도 없
는 시선이 튜크스베리에게로 향했다. "그만두지 못해!"

"그만두게 해보시든지." 튜크스베리 경의 대담한 시
선이 그 작자의 시선과 마주쳤지만 튜크스베리는 아랑
곳하지 않고 계속해서 몸을 앞뒤로 흔들었다.

"그래 어디 한번 해보자 이거지?" 째진 목소리의 작

199

자가 휘청거리며 일어섰다. "높으신 귀족 꼬마라 이거지? 좋아, 진짜 매운맛을 보여주지." 그자가 동그랗게 주먹을 쥐더니 튜크스베리 쪽으로 걸어갔다. 그러자 자연스럽게 나를 등지고 선 꼴이 되었다.

나는 바로 앉은 후 한쪽으로 기대며 몸을 다시 비틀었다. 그러고는 묶인 손으로 코르셋의 늑골 부분을 찾기 위해 더듬거렸다.

그러는 동안 우리를 납치한 이 악당은 악랄한 폭력을 행사해 어린 튜크스베리 경을 걷어차기 시작했다.

튜크스베리는 끽소리도 내지 못했다. 하지만 나라면 소리쳤을 듯싶었다. 나는 그 역겨운 자를 때리고 꽉 붙잡아 멈추게 하고 싶었다. 하지만 사실 더 절실한 미션이 있었다. 나는 거의 이성을 잃을 정도로 손목에 묶인 끈을 끊어버리기 위해 사투를 벌이고 있었다. 어찌나 거칠게 사투를 벌였던지 팔이 떨어져 나가는 줄 알았다.

그때 정말로 뭔가가 제대로 끊어졌다. 연이어 말도 못 할 고통이 찾아왔다.

째진 목소리의 작자가 튜크스베리를 다시 걷어찼다. "계속해." 튜크스베리가 말했다. "끄떡없다고. 얼마든지 맞아주지." 하지만 어딘가 부자연스러운 목소리로 보아 그는 괜찮지 않았다.

팔의 고통이 어찌나 극심하던지 끈이 아니라 뼈를

부러뜨린 게 아닌가 싶었다. 내 손을 직접 눈으로 확인하고 나서야 그게 아닌 걸 알았다. 내 손이 아니라 마치 험상궂은 낯선 사람의 손을 보는 듯했다. 그야말로 구타당한 피투성이 손이었다. 마침내 마로 된 끈이 끊어진 채 손목에서 떨어져 나갔다.

"그래, 끄떡없다 이거지? 정말 그런지 보겠어." 째진 목소리의 야비하고 악마 같은 작자가 튜크스베리 경을 세 번째로 아주 세게 걷어찼다.

이번에는 고통스러웠던지 튜크스베리가 울먹거렸다.

그와 동시에 나는 발목이 아직 묶인 채로 벌떡 일어섰다. 하지만 걸을 필요는 없었다. 째진 목소리의 작자가 등을 돌린 채 내 바로 앞에 서 있었기 때문이다. 그자가 튜크스베리를 다시 걷어차기 위해 몸을 구부리는 순간, 뭘 해야 할지 나보다 더 잘 아는 내 손이 바닥짐에서 커다란 바위 같은 것을 집어 들었다. 그러고는 그자가 걷어차기 전에 그자의 머리를 내리쳤다. 그는 찍소리도 못한 채 배 밑바닥에 고인 더러운 물속에 고꾸라지듯 기절해버렸다. 나는 그를 얼빠진 듯 바라보았다.

"이 멍청아, 내 손 풀어!" 튜크스베리 경이 외쳤다. 쓰러진 자는 기절한 채 숨만 쉬고 있었다.

"내 손을 풀라고, 바보야!"

튜크스베리가 재촉하며 소리치는 것을 듣고서야 나

는 정신을 차리고 움직이기 시작했다. 나는 튜크스베리의 반대 방향으로 몸을 돌렸다.

"이 얼간아, 대체 뭐 하는 거야?"

튜크스베리에게 말할 순 없었지만, 사실 나는 나름대로 마지막 남은 품위를 지키고 있었다. 나는 보디스(드레스의 상체 부분-역주)의 단추 몇 개를 풀고는 가슴 보정기 안쪽 깊이 손을 넣어 작은 주머니칼을 꺼냈다. 원래 그림 용구에 있던 것을 꺼내와 다른 연필과 여러 장의 접힌 종이와 함께 내 '가슴 보정기'에 지니고 있던 것이다. 나는 다시 단추를 꽉 잠근 후 몸을 구부리면서 주머니칼의 날을 펼쳐 발목에 묶인 끈을 끊었다.

내 검은 스커트의 넓게 퍼진 부분 때문에 이런 진행 상황을 볼 수 없었던 튜크스베리 경은 이제 소리치기를 멈추고 간청하기 시작했다. "제발, 제발요! 당신이 뭘 하는지도 봤고, 도움도 줬잖아요, 아닌가요? 제발……."

"쉿, 잠깐 조용히해봐요." 일단 발이 자유로워진 나는 돌아서서 움직임 하나 없이 쓰러져 있는 자를 지나쳐 아직 묶여 있는 튜크스베리 쪽으로 몸을 숙였다. 한 번에 재빨리 베어서 그의 등 뒤로 묶인 손목의 끈을 끊었다. 그런 다음 튜크스베리에게 칼을 건네 묶인 발을 스스로 풀도록 했다. 나는 망가진 드레스 스커트에 대고 손목에서 흐르는 피를 닦았다. 보아하니 위험할 정도로 깊게 팬 상처는 아니었다. 이번엔 머리를 만져보았더니, 작고 동그란 빵 모양으로 정리돼 있던 머리가 어깨까지 치렁치렁 헝클어져 있었다. 나는 머리에서 머리핀 몇 개를 찾아 드레스 늑골 부분의 터진 곳을 봉합하려고 애썼다.

"서둘러요!" 어린 튜크스베리 경이 재촉했다. 이제 발이 자유로워진 그가 주머니칼을 펼친 채 무기처럼 움켜잡았다.

지당한 말이었다. 지금은 옷매무새나 신경 쓰고 있을 때가 아니었다. 나는 고개를 끄덕이며 튜크스베리 경과 나란히 우리를 자유의 길로 이끌어줄 사다리 쪽으로 다가갔다. 하지만 사다리 앞에 서자 서로를 쳐다보며 누가 먼저 오를지 망설였다.

"숙녀분 먼저 오르시죠?" 잘난 경께서 머뭇거리며 말했다.

"신사분께 양보하지요." 남성이 여성의 스커트를 위로 쳐다볼 수 있는 자세를 취해서는 절대 안 될 거라여기며 내가 대답했다.

여전히 주머니칼을 움켜쥔 채 튜크스베리가 고개를 끄덕이며 사다리를 올랐다.

그가 출입구를 젖히는 순간 빛 때문에 눈을 뜰 수가 없었다. 밤이 지나고 어느덧 날이 밝아 있었다. 아침인지 낮인지는 알 수 없었다. 겨우 실눈을 뜨고 보니 출입구 밖으로 머리를 내밀어 신중히 주위를 둘러보는 어린 자작의 희미한 실루엣이 눈에 들어왔다. 아주 조용히 출입구 덮개를 한쪽으로 젖혀놓고 바깥으로 기어나간 그가 빨리 오라는 손시늉을 해 보였다.

나는 최대한 빨리 올라가려고 안간힘을 썼다. 그 와중에 내가 밖으로 빠져 나오는 걸 도와주려고 튜크스베리가 손을 뻗치고서 기다리고 있는 게 느껴졌다. 계속해서 나를 멍청이니, 바보니, 얼간이라고 불러대던 소년이었지만, 이 순간만큼은 그 아이의 용맹함이 돋보였다. 사실 그가 나를 두고 도망가는 게 더 현명했을지도 모른다. 하지만 함께 갇혀 있었던 터라 어찌 보면 함께 도망가는 것도 맞는 것 같았다. 내 경우만 해도 그를 남겨둔 채 혼자만 떠난다는 건 있을 수 없는 일 같아 보였다. 그 또한 틀림없이 나를 남겨둔 채 혼자 떠난다는 건 생각해보지도 않았을 것이다.

사다리 꼭대기에 도달한 후, 나는 그의 손을 붙잡았다.

그때 지금껏 들어본 적도, 상상해본 적도 없는 끔찍한 목소리가 들려왔다. 그들이 저주의 욕설을 퍼붓고 있었다. 바로 내 머리가 출입구 근처를 통과할 무렵, 키 크고 육중한 덩치의 진홍빛 형체가 선실 바깥으로 나오더니 좁디좁은 갑판을 가로질러 우리 쪽으로 돌진해왔다.

그 끔찍한 순간에도 그 신사 차림이던 작자, 아니 전혀 신사답지 않던 작자가 손목에서부터 발목까지 진홍색의, 입에 담기 민망한 플란넬 속옷 차림새를 하고 있는 게 눈에 들어왔다.

나는 비명을 질렀다.

"서둘러요!" 벌떡 일어선 튜크스베리가 나를 거의 들어 올리다시피 사다리에서 내려오게 한 뒤 진홍빛 옷을 입고 돌진해오는 자의 위협에서 벗어나도록 하기 위해 나를 힘껏 밀쳤다. "뛰어요!"

튜크스베리는 마치 그 작은 주머니칼을 가지고서 야수를 물리치기라도 할 작정인 사람처럼 보였다.

"어서 뛰어요." 튜크스베리가 재촉했다. 나는 한 손으로는 스커트 자락과 페티코트를 무릎 위로 끌어 올리고, 다른 한 손으로는 튜크스베리의 옷깃을 부여잡은 채 보트의 갑판 끝으로 달아났다. 보트 끝에서 그의 옷깃을 잡았던 손을 내려놓고는 둘이 동시에 1미터가량 되는 물을 뛰어넘어 부두 가교로 보이는 기우뚱거리는 널빤지 위에 착지했다. 그러고 나서 두 손으로 스커트를 끌어 올리며 그 좁고 비뚤비뚤한 길을 될 수 있는 한 빨리 달렸다.

"멀리 못 갈걸!" 배에서 사나운 목소리가 울려 퍼졌다. "옷 좀 걸친 후 잡으러 갈 테니 두고 보자!"

팔다리가 긴 나는 뛰는 것을 좋아한다. 하지만 뛰다가 빌어먹을 내 옷에 발이라도 걸려 넘어지면 안 될 일이었다. 특히 썩은 녹색 점액이 묻은 널빤지들이 보이는 미로 같은 곳에서는 더더욱 안 될 일이었다. 부두와 염수, 그리고 선창과 좁은 통로를 겪은 것만으로도 충분히 당황스러운데 한술 더 떠 템스 강의 가장자리에 세워진 여관과 창고 사이, 더 악취 나는 물이 우리 앞에 놓여 있었다.

"어느 쪽이죠?" 튜키가 헐떡거리며 물었다. 내가 튜키라고 말한 건, 더 이상 그를 경이라든지, 자작이라든지, 공작의 아들로 여기지 않았기 때문이다. 그는 그저 지금 바로 내 뒤에서 헐레벌떡 뛰어가는 동료일 뿐이었다.

"모르겠어요!"

막다른 골목에서 우리는 타르같이 검은 물로 둘러싸여 있었지만 미끄러지듯 쏜살같이 달려 나갔다. 다시 또 물줄기가 우리의 앞을 가로막았다. 두려움에 절로 몸이 떨려오기 시작했다. 그 검은 강에 빠지면 그야말로 끝장이었다. 아마도 죽은 목숨이나 다름없을 것이다. 문득 튜크스베리가 수영은 할 수 있을지도 의심스러웠다. 하지만 망설일 시간이 없었다. 우리의 거대한 적이 선실에서 달려 나오고 있었다. 이번엔 좀 더 제대로 된 옷을 몸에 걸친 그가 으르렁거렸다. "너희 둘은 죽은 목숨이야!" 와락 달려드는 곰처럼 그는 보트에서 부터 미로 같은 부두 위로 뛰어내렸다.

이 와중에 엎친 데 덮친 격으로 덩치 작고 등 굽은 자도 마치 굶주린 개가 거지를 쫓는 듯한 모양새로 그의 뒤를 따랐다. 그 째진 목소리의 등 굽은 자를 내가 충분히 세게 때리지 못한 게 틀림없었다.

"넘어!" 또 하나의 부두 가교를 스커트가 바람에 부풀어 오를 정도로 뛰어넘으며 내가 소리쳤다.

부두 가교가 발밑으로 살랑살랑 흔들리는 가운데 나는 가까스로 몸을 가누었다. 그런데 뒤이어 튜키가 우당탕퉁탕 착지하면서 부두 가교가 다시 흔들거렸다. 제대로 소리 지를 호흡마저 딸리던 내 입에서 쇳소리 같은 신음이 흘러나왔다. 그때 튜키가 내 팔을 움켜잡더니 "뛰어!"라고 외쳤다. 이번에는 그가 주도했다. 어느 순간, 그는 주머니칼을 잃어버렸다. 무기를 잃어버린 그의 오른손이 떨리고 있었다. 나는 그보다 더 떨고 있었다. 우리 발밑의 부두 가교를 뒤흔드는 극악무도한 놈의 무거운 발소리가 온몸으로 전해져왔기 때문이다.

"아, 안 돼!" 입가에서 절로 탄식이 새어나왔다. 또 다른 부두 가교 끝으로 미끄러지듯 달리던 우리 앞에 막다른 골목이 나타났던 것이다.

튜키가 입에 담기 민망한 욕을 쏟아냈다.

"부끄러운 줄 아세요. 이쪽이에요." 내가 다른 방향으로 몸을 돌리며 다시 선두에 섰다. 그리고 잠시 후 우리는 마침내 모르타르(조약돌, 자갈, 모래 등을 물과 시멘트 등과 섞은 혼합물로 석조 구성재들을 결합하는 데 사용-역주)로 이루어진 더 단단한 지면 위로 힘겹게 손으로 몸을 지탱해가며 재빨리 움직였다. 하지만 길을 잘 아는 적들은 우리가 했던 그대로 해변에 도달해 이미 엎드리면 코 닿을 거리에 와 있었다. 머리에선 피가 나고 있고, 사팔이 눈에선 분노가 들끓고 있는 째진 목소리의 등 굽은 작자의 얼굴이 보였다. 머리카락이라고는 귀 주변에 남은 몇 가닥이 전부인, 극악무도하고 육중한 작자의 붉으락푸르락 분노에 찬 납작한 얼굴도 보였다. 그야말로 새빨간 달빛 같은 불길한 모습이었다.

고백하건대 나는 연신 비명을 질러댈 수밖에 없었다. 정말로 총에 맞은 토끼라도 되는 양 경악하며 비명을 질러댔다. 눈앞이 캄캄했지만 튜키의 손을 꼭 잡고 그렇게 좁은 길 구석으로 도망쳤다. "서둘러!" 우리는 무거운 짐을 잔뜩 실은 사륜마차들 사이를 헤치고 갈지자형으로 나아가면서 다음 갈림길을 향해 가로질러 달려갔다.

대낮의 뜨거운 열기를 온몸에 받으며 옷과 얼굴이

땀범벅이 된 채 가쁜 숨을 몰아쉬었지만, 여전히 우리를 뒤쫓는 공포의 발소리는 또렷이 들려왔다.

튜키가 뒤처졌다. 그를 잡아끌고 달려가는데 한 걸음 내디딜 때마다 튜키가 고통으로 움찔하는 것이 느껴졌다. 발에 통증이 있는 상태에서 맨발로, 그것도 끊임없이 거친 돌에 부딪혀가며 달리고 있었던 것이다. 더욱이 강에서부터 도주해온 길은 줄곧 오르막이었다.

"어서요!"

"못하겠어요." 튜키가 헐떡거리며 내게서 손을 홱 빼내려고 했다. 나는 튜키의 손을 더욱 꽉 쥐었다.

"할 수 있고말고요. 해야 해요."

"당신은…… 가요. 혼자서라도 살아남아요."

"아니요." 걷잡을 수 없는 공포를 간신히 참으며 달리다가 문득 주위를 둘러보았다. 부두 부근, 사륜마차와 창고가 즐비한 곳의 끝자락에 도달한 듯했다. 이제 우리는 허름한 숙소들은 물론 심지어 생선 장수와 전당포, 우산 고치는 사람들과 같이 더 영세한 상인들이 사는 빈곤한 길거리를 따라 달렸다. 여기저기 행상들이 눈에 띄었다. "싱싱한 홍합이요, 싱싱한 굴이요!" "달콤한 얼음과자요! 시원하고 달콤한 딸기 얼음과자 있어요!" 중간중간 당나귀 수레를 탄 청소부와 고철 수레를 끄는 남자들도 보였다. 원래 하얀색이었을 테지만 버

209

섯 색깔이 배어나 지저분해진 보자와 앞치마를 걸치고
서 걷고 있는 여자들과 소녀들도 보였다. 이들은 우리
를 도와줄 것 같지도 않았고, 그렇게 하기에도 역부족
으로 보였다. 하지만 이곳은 헝클어진 머리에 모자도
안 쓰고 피투성이가 된 채 과부 차림으로 헐떡거리며
뛰고 있는 소녀는 물론이고, 맨발의 도망자 소년이 주
목받지 않기에 안성맞춤인 곳이었다.

"거기 서, 도둑놈들아!" 우리 뒤쪽에서 조금 쉰 소리
로 변하긴 했지만 여전히 으르렁대는 큰 목소리가 들
려왔다. "거기 서, 두 악당 놈들! 이 범죄자들! 이 소매
치기들!"

튜키와 내가 중고 가구, 중고 의류, 수선 모자, 그리
고 또다시 중고 의류 등 잡화 상점들이 즐비한 거리를
지나 도망치자, 그들이 우리를 노려보기 시작했다. 이
글거리는 열기와 공포 가운데 뛰다 보니 우리를 쫓는
자들의 얼굴이 어렴풋이 보였다가는 쏜살같이 사라지
기를 반복하는 듯했다.

그중 하나는 내가 아는 얼굴이었다. 물론 전에 어디
서 봤는지는 기억나지 않았다.

그렇게 계속 달려가던 바로 그때, 문득 그 얼굴을 본
장소가 기억났다.

"튜키! 서둘러!" 우리는 길에서 재빨리 몸을 피하며

금방이라도 무너질 것 같은 하숙집들 사이의 좁은 통로를 따라 쏜살같이 올라갔다. 그런 다음 구석의 외양간을 지나 방향을 틀고는 당나귀와 염소, 거위, 암탉 냄새 등 악취가 진동하는 건물 뒤 좁은 길을 거쳐 달음질쳤다. 그러고는 다시 방향을 틀어……

"니들은 벗어날 수 없어!" 무시무시한 목소리가 외양간 뒤에서 으르렁거렸다. 너무나도 가깝게 들리는 목소리였다. 매우 급박한 상황이었다.

"포기해!" 이번에는 째지는 목소리의 작자가 소리쳤다.

"멍청아," 튜크스베리가 소리쳤다. 분명히 나를 부른 것이었다. "왜 우리가 원 안에서 계속 돌고 있는 거야? 이러다간 저들한테 잡히겠다고!"

"두고 봐, 따라와." 그의 손을 놓는 동시에 나는 그동안 갈가리 찢긴, 마지막 남은 품위마저 내려놓으며 드레스의 상체 부분에 달린 버튼들을 뜯어 젖혔다. 아울러 꽤나 불결한 골목을 뛰어가면서 앞가슴 쪽 주머니에 팔을 찔러 넣고는 주름 하나 없이 빳빳한 지폐 꾸러미를 손가락으로 더듬어 그중 한 장을 빼냈다. 그 지폐를 손바닥에 숨기고 마지막 모퉁이를 돌아 아까 왔던 길로 다시 접어드는 순간, 나는 곧장 중고 의류 매장을 향해 돌진했다.

매장 주인은 거리의 풍경과 시원한 산들바람을 즐기

211

며 문 바깥에 서 있었다. 그러다 내가 자신을 향해 돌진하는 모습을 보자 놀라 사색이 된 모습이었다. 그녀는 개똥지빠귀나 두꺼비 정도가 아니라, 고양이 발밑에 깔린 쥐 같은 모습을 하고 있었다. 내가 달려 들어가자 순간 주인은 숨이 턱 막히는 듯한 소리를 냈다.

"안 돼, 커터가 나를 죽일 거야. 이건 목숨이 달린……."

하지만 이야기를 나누고 자시고 할 시간이 없었다. 잠시 후면 두 명의 악당이 모퉁이를 돌아 다시 우리를 찾아낼 판이었다. 그 순간, 나는 매장 주인인 퀼헤인 부인의 손에 100파운드가량의 지폐를 찔러 넣었다. 그러고는 튜키의 소매를 움켜잡고 중고 의류 매장 안으로 끌고 들어갔다.

14장

우리는 가쁜 숨을 몰아쉬며 오븐처럼 후덥지근하게 느껴지는 어둑어둑하고 지저분한 방으로 뛰어들었다. 방의 한쪽 벽면에는 수많은 긴 망토가 걸려 있었다. 우리는 망토로 가려진 구석으로 재빨리 들어가 납작 웅크려 숨었다. 그러고는 주먹을 꼭 쥔 채 두려움에 몸을 부들부들 떨면서 뇌물이 먹혀들었는지 보기 위해 정문을 주시하고 있었다.

"탁자 밑에 숨어!" 튜키가 속삭였다.

나는 고개를 가로저으며 언제든 도망갈 자세로 바깥을 내다봤다. 정문과 창문 틈으로 극악무도하고 덩치 큰 작자와 째진 목소리의 잡종견 같은 작자가 눈에 들어왔다. 그들이 사방팔방으로 째려보며 길 한복판을 쏜살같이 질주하자 저마다 길을 양보하느라 황급히 흩

213

어지는 사람들의 모습이 보였다. 덩치 큰 악당이 주변을 얼쩡대는 한 남자의 멱살을 쥐고는 그의 얼굴에다 고함을 쳐대며 거의 들어 올리다시피 하는 모습도 보였다. 그러자 이 불쌍한 남자는 몸짓으로 우리가 있는 방향을 가리켰다.

그나저나 컬헤인 부인은 도대체 어디로 가버린 건지 도통 보이지가 않았다.

하지만 곧 컬헤인 부인이 다시 모습을 드러냈다. 그녀는 나를 등지고 서 있었다. 앞치마 끈으로 몸을 가로질러 묶은 그녀의 차림새가 마치 격자무늬 거북이 같았다.

달덩이 같은 얼굴을 한 작자와 그의 동료가 그녀에게 성큼성큼 다가왔다. 그들은 그녀보다 훨씬 키가 컸다. 심지어 째진 목소리의 구부정한 자도 그녀의 키보다 컸다. 날카롭게 쏘아보는 그들의 흉포한 시선에 과연 내가 대담히 맞설 수 있을지 장담할 수 없었다.

하지만 땅딸막한 늙은 여성은 소켓에 끼우는 플러그처럼 출입구를 완전히 장악했다. 그녀가 머리를 흔드는 모습이 보였다. 그녀는 몸짓으로 거리의 맨 끝 쪽을 가리키고 있었다.

햇빛이 비치는 출입구가 마치 그녀를 둘러싼 영광스러운 후광 같아 보였다.

마침내 두 악당이 자리를 뜨는 모습이 보였다.

누군가의 낡아빠진 망토를 꼭 붙든 채 진땀 흘리며 서 있던 나는 그제야 안도의 한숨을 내쉬고 벽에 기대 주저앉았다.

튜키도 마치 이젤이 접히듯 나를 따라 바닥에 털썩 주저앉았다.

컬헤인 부인은 일부러 즉시 들어오지 않고 문 앞에 잠깐 더 서 있었다. 그녀가 들어올 때까지 나는 원기를 회복하고 있었다. 수도꼭지가 있는 뒷방을 발견하고 나는 직사각형 모양의 빛바랜 붉은색 플란넬 천에 물을 적셔 튜키의 얼굴에 가져다 댔다.

튜키가 자세를 바로 하자 고통에 찌들었을 그의 발이 걱정되었다. 두꺼비를 닮은 우리의 구세주가 마침내 가게 문을 닫아걸고 블라인드를 끌어내린 뒤 뒤뚱거리며 내게 다가왔다. 그때까지도 나는 아까 그 플란넬 천으로 튜키의 상처 난 맨발의 먼지와 피를 살살 닦아주며 상태를 살피고 있었다.

"그러니까," 그녀가 말했다. "하루는 비통해하는 과부고, 다음 날은 머리를 풀어헤치고 커터(Cutter, 에놀라에게 칼을 댔던 덩치 큰 대머리 작자 - 역주)와 스퀴키(Squeaky, 째진 목소리를 지닌 등 굽은 작자 - 역주)에게 쫓기는 소녀로군요."

215

"그러게 말이에요. 그런데 대체 저자들은 누구죠? 우린 그자들이 누군지도 몰라요."

"누가 아니래요. 이상한 놈들이죠. 그런데 참고로, 당신이 피를 닦은 그 해진 천은 내 복대거든요."

내가 일어서며 말했다. "맙소사, 천 값을 치른 줄 알았는데요."

그녀가 쌀쌀맞은 얼굴로 나를 쳐다봤다. 이런 그녀의 태도나 목소리에서 쾌활한 개똥지빠귀가 쩍쩍거리는 모습 따위는 찾아볼 수 없었다. 그녀가 말했다. "당신이 내게 준 건 이웃들에게로 돌아갔어요. 그 광경을 본 사람들 말이에요."

그녀가 한 말의 일부는 맞을 것이다. 나는 그녀가 문 앞에서 사라진 것을 보았고, 아마도 그사이 그녀는 입막음의 대가로 구경꾼들과 흥정했을 것이다.

하지만 그녀의 눈에 드러나는 낌새로 볼 때, 한편으로는 나를 속이고 있는 모습도 감지되었다. 그녀는 이웃들에게 기껏해야 몇 실링이나 몇 파운드 정도를 약속했을 것이다.

그렇긴 해도 다음 말을 할 때 그녀의 얼굴에는 엄격함 뒤에 묻어나는 어떤 정직함이 서려 있었다. "오늘로 끝나지 않을 거예요. 커터 그 인간이 알게 되면, 나를 칼로 헤집어놓을 거예요. 틀림없이 그렇고말고요. 그

쪽을 숨겨준 일에 내 목숨이 달려 있다고요."

"우리에게 필요한 것을 제공해주면," 내가 그녀에게
말했다. "더 줄 수도 있어요."

그렇게 튜키와 내가 원기를 회복하고 변장 차림으로
뒷문을 통해 그녀의 매장을 빠져나온 것은 그다음 날
이었다. 우리는 매장 바로 위층에 있는 그녀의 집에 몸
을 숨겼다. 매장 위층에 딸린 방 세 개짜리 공간에서
는 그녀가 이미 살고 있던 터라 우리는 다소 지저분한
부엌으로 대피했다. 거기서 우리는 잔뜩 덩어리진 포
리지(밀가루에 물을 부어 걸쭉하게 끓인 음료-역주)를 감사
히 받아먹었다. 역겨운 냄새가 풍기긴 했지만 나는 소
파 위에서, 튜키는 바닥의 누비이불 위에서 잠을 청하
기도 했다. 젖은 스펀지로 닦는 간단한 목욕도 했고, 튜
키의 발에 배그 밤(소에게 바르는 연고)을 바른 후 붕대
도 감았다. 그리고 컬헤인 중고 의류 매장의 옷을 걸치
고서 입고 있던 겉옷은 부엌 난로에 태워버렸다.

튜키와 나는 말을 하지 않았다. 서로 이름조차 부르
지 않았다. 심술궂은 표정의 여주인마저 우리에게 어
떤 질문도 하지 않았으며, 우리 역시 여주인에게 어
떤 정보도 제공하지 않았다. 그녀가 행여나 엿들을까
봐 우리는 대화조차 나누지 않았다. 나는 그녀를 신뢰

하지 않았다. 그녀가 내 돈을 찾아내 빼앗아버릴 만한 어떤 틈도 주지 않았다. 그래서 나는 그녀가 있을 때는 옷도 벗지 않고 코르셋도 벗지 않았으며, 잠도 자지 않았다. 한때 경멸하던 옷들이 이제는 내 가장 소중한 물건이 돼버렸다. 아, 단단히 조여 입지만 않는다면 말이다! 코르셋의 강철 같은 보호막이 내 생명을 살렸다. 내 신분과 재산을 위장할 수 있었던 가슴 보정기, 허리받이, 엉덩이 조절기, 이 모든 걸 잘 받쳐주고 숨겨준 것도 다 풀을 잘 먹인 내 코르셋 구조물이었다.

나는 퀼헤인 부인이(그러니까 정말 이 이름이 맞는다면 말이다), 절대 내 비밀을 알아채지 못했으리라 믿는다. 튜키와 나는 오직 문제과 관련된 대화만 할 뿐이었다. 이를테면, '매장에 소년이 입을 만한 너무 헤지지 않은 옷과 모자, 그리고 널찍한 신발과 도톰한 양말이 있을까?'라든가 '내가 입을 만한 블라우스와 허리받이 또는 (타이피스트나 계산대 직원이 주로 입는) 실용적 옷감으로 만든 주머니가 달린 고어드스커트가 있을까?', '주머니가 달린 재킷으로, 스커트 윗부분에 단이 잘 들어맞도록 아랫부분으로 폭이 넓어지는 나팔모양의 재킷이 있을까?', '너무 헤지지 않은 장갑과 너무 구닥다리 같지 않은 모자가 있을까?', '머리 손질을 하는 데 그녀의 도움을 좀 받을 수 있을까?' 하는 이야기들.

얼굴을 가릴 검은색의 두꺼운 과부 베일 없이 컬헤인 부인의 집을 나서면서 나는 세상 사람들의 시선 앞에 발가벗겨진 느낌이었다. 하지만 중요한 사실은 오빠들도 나를 몰라봤을 것이라는 점이다. 몸을 굽히고서 코에 걸쳐놓은 '코안경'을 통해 본 내 모습은 마치 금속으로 만든 기묘한 새 한 마리가 콧잔등에 앉아 있는 모양새였기 때문이다. 나는 코안경 위로 가발도 썼다. 가발에 달린 숱 많은 앞머리가 내 이마를 가려주는 동시에 치장을 해주는 효과가 있었다. 가발 위에는 레이스와 깃털로 가장자리를 장식한 밀짚모자도 썼다. 이 도시에서 열심히 일하는 모든 젊은 여성이 쓰는 값싼 밀짚모자와 매우 비슷한 모양의 모자였다.

"그러고 보니 양산도 하나 필요해요." 내가 컬헤인 부인에게 말했다.

그녀는 왠지 모양은 끔찍하지만 나름 초록색으로 맵시 있게 염색한 양산을 내주었다. 그러고는 우리를 뒷문으로 안내해주고 나서 내게 손을 내밀었다. 약속한 대로 나는 그녀의 손바닥에 또 한 장의 지폐를 놓았다. 우리는 출구로 나갔고, 그녀는 말 한마디 없이 우리 등 뒤에서 문을 닫았다.

드디어 우리는 거리에 모습을 드러냈다. 나는 발을 질질 끌면서 반쯤 장님 행세를 했다. 그렇게 한 발 한

발 접은 양산으로 길을 더듬으며 나아갔다. 이런 차림새로 나온 이유는 변장도 변장이지만 아직까지 발에 상당한 통증이 있는 튜키가 나와 동행할 때 버둥거리지 않고 천천히 걸었으면 해서였다. 어디까지나 내 편의상 말이다. 우리가 새 옷도 헌 옷도 아닌, 부유해 보이지도 가난해 보이지도 않는 옷을 입고서 누구의 주목도 받지 않았으면 했다. 우리에 대한 이야기가 커터의 귀에 들어가는 걸 원치 않았기 때문이다.

하지만 걱정할 필요는 없었다. 주변 사람들은 하나같이 요란스레 자기 일들을 하느라 우리의 존재 따위는 전혀 알아채지 못했다. 온통 거대한 벽돌 건물 천지인 런던이라는 도시는 정신없이 바쁜 사람들로 북적이는 활력 넘치는 삶의 현장이었다. 맥주 수레를 끌던 한 남자가 외쳤다. "진저비어(생강, 사탕수수 등을 발효시켜 만든 맥주-역주)요! 신선하고 차가운 진저비어가 먼지투성이 목구멍을 시원하게 식혀줍니다!" 요란한 소리를 내며 굴러가는 물수레에 바싹 따라붙은 소년들은 바닥에 빗자루질을 해대며 따라갔다. 한 배달부는 뒤쪽 대신 앞쪽에 두 개의 바퀴를 달고, 핸들 바에 커다란 박스를 끈으로 매단 채 여태 본 것 중 가장 특이한 자전거를 타고 있었다.

모퉁이에서 검은 머리색을 지닌 세 명의 아이들이

내가 알지 못하는 언어로 천사 같은 화음을 넣어 노래하고 있었고, 그중 한 아이는 1페니라도 얻을 요량으로 내게 도자기 컵을 내밀고 있었다. 그런가 하면 누더기를 걸친 한 남자는 사다리 위에서 도배용 풀 통과 붓을 능숙하게 들고서 구두약, 류머티즘 예방을 위한 고무 붕대, 그리고 전매특허 안전관(의술이 그다지 발달하지 않은 시기에 누군가를 산 채로 묻었을 때, 시체가 조금이라도 움직일 경우 종소리가 울리게 만든 관-역주)의 광고를 붙이고 있었다. 또 하얀색 색재킷(1850년경 영국에서 유행한 것으로 연미복 등의 긴 단을 잘라낸 상의의 기장이 짧은 약식 재킷-역주)과 하얀색 바지를 입은 남자들이 한 숙소의 출입구에 전염병 예방을 위한 격리 공고판을 못으로 박고 있었다. 이 광경을 보고 잠시 염려스러운 마음이 들었다.

악취 나는 템스 강 주변에서부터 심한 열병이 퍼지고 있는 건 아닌지, 아울러 커터의 배에 갇혀 있던 나도 그 때문에 콜레라나 성홍열로 죽는 건 아닌지…….

커터. 그 작자는 흥미로운 악당이었다. 나는 잠 못이루는 밤 내내 아래의 질문 목록을 작성했다. 그러고는 내 가슴 보정기에서 꺼내둔 돈과 여러 다른 유용한 물건과 함께 이 목록을 주머니에 넣어 지니고 다녔다.

왜 커터는 객실 안을 들여다봤을까?

그가 나를 기차역에서부터 따라온 걸까?

왜 커터는 내가 튜키의 위치를 안다고 생각했을까?

그는 튜키에게서 무엇을 얻으려고 한 걸까?

왜 커터는 스퀴키에게 부두에서 튜키를 찾으라고 전보를 쳤을까?

그가 '튜크스베리와 똑같이 처리하면 되지'라고 말한 건 무슨 뜻이었을까?

커터는 돈을 목적으로 납치하는 자일까?

대체 그는 어떻게 튜키와 그레이트 이튼에 대해 알고 있는 걸까?

정말로 어떻게 알고 있는 걸까? 내가 이야기를 나눈 사람은 레스트레이드 경감이었고, 그 이야기를 엿들은 사람은 그 에스트럴 퍼디토리언이었다.

레스트레이드 경감이 다른 사람에게 말한 걸까? 아마도, 결국에는 그랬을 테지만, 그가 내 정보를 확인하는 과정을 밟지 않았을까? 하지만 그 전보는 스퀴키에게 거의 즉시 보내진 게 틀림없었다. 음…….

위장복 차림으로 지내기에 더 나은 주변 환경과 이웃을 찾아 절름발이 상태인 튜키와 함께 몇 블록을 걷는 동안 이런저런 생각이 머리를 스쳤다. 그러다 이곳에서 우리는 네 그루의 나무와 잔디밭으로 돼 있는 일종의 공원을 하나 찾아냈다. 이곳 나무 아래서 여자들은 유모차를 굴리고 있었고, 당나귀를 끄는 한 남자는 "아이들에게 태워주세요. 한 명당 1페니입니다."라고 외치고 있었다. 공원 옆에는 승합마차도 여러 대 서 있었다. 어린 자작이 아픈 발로 걷지 않도록 마차 한 대를 빌리는 것도 괜찮을 듯싶었다. 지금까지는 경계를 늦출 수 없어 서로 한마디도 나누지 않았지만, 이제는 커터의 소굴을 벗어났다 싶은 마음에 튜키를 향해 몸을 돌려 미소를 지어 보였다.

"저기, 튜키." 내가 말했다.

"그렇게 부르지 말아요."

나도 발끈하며 답했다. "좋아요, 맞는지는 모르겠지만 배질웨더의 튜크스베리 경님⋯⋯." 하지만 불현듯 어떤 한 가지 생각이 떠오르며 약 올랐던 마음도 가라앉았다. 내가 물었다. "그럼 어떻게 불렸으면 하죠? 집을 나올 때 스스로 선택한 새 이름이라도 있나요?"

"난⋯⋯." 그가 고개를 몇 번 가로젓더니 시선을 다른 곳으로 돌리며 말했다. "신경 쓰지 말아요. 이젠 이름 같은 건 중요하지 않아요."

223

"왜죠? 뭘 할 건데요?"

"몰라요."

"아직도 바다로 가고 싶나요?"

그가 몸을 획 돌려 나를 빤히 쳐다보며 말했다. "당신은 전부 알고 있군요. 어떻게 그런 걸 다 알죠? 도대체 정체가 뭐죠? 당신 정말로 셜록 홈즈와 관련이 있나요?"

나는 입술을 깨물었다. 나에 관한 어떤 것이든 더 말해주는 게 별로 좋은 생각 같지 않았기 때문이다. 그는 이미 너무 많이 알고 있었다. 바로 그때 다행히도 신문팔이 소년이 승합마차 승차장 구석에서 외치고 있었다. "전문을 읽어보세요! 튜크스베리 배질웨더 자작의 몸값을 요구한답니다."

"뭐라고?" 내가 외쳤다. "터무니없는 소리!" 그 순간 나는 실눈을 뜬 채 발을 질질 끌며 신분을 위장하고 있었다는 사실은 까맣게 잊은 채, 얼른 종종걸음으로 걸어가 신문을 샀다.

충격적인 유괴 사건의 수사 현황

나는 이런 머리기사의 제목을 거듭해서 읽었다. 기사에는 소공자풍 차림의 튜키 사진도 보였다. 공원 벤치에 나란히 앉은 튜키도 나와 함께 즉시 기사를 볼 수 있었다. 튜키가 소리를 죽인 채 나지막한 소리로 경악스러운 마음을 표현했다. "내 사진이라고?"

"온 세상이 다 그 사진을 봤을 거예요." 내가 그에게 말했다. 솔직히 튜키가 어떤 반응을 보일지 궁금한 마음이 없었다면 거짓말일 것이다. 나는 잠시 동안 말이 없는 튜키의 얼굴을 흘깃 쳐다보았다. 분노로 붉으락푸르락하는 그의 얼굴엔 번민과 굴욕의 기색이 역력했다.

"난 돌아갈 수 없어요." 그가 말했다. "절대로 돌아가지 않을 거예요."

사진을 보고 그가 어떤 반응을 보일까 하던 장난기 어린 마음은 사라진 지 오래였다. "하지만 누군가 그 사진을 알아채면요? 이를테면 컬헤인 부인이라든지?"

"그 여자? 언제 그녀가 신문을 읽은 적 있나요? 그녀는 읽지 못해요. 그런 빈민가에선 아무도 읽을 수 없어요. 부둣가에서 신문팔이 소년을 본 적이 있던가요?"

튜키 말이 맞았다. 하지만 난 그 말에 장단을 맞춰주기보다 기사에 주의를 집중했다.

이번 사건의 가장 놀라운 국면 전환이 오늘 아침 발생했다. 배질웨더 후작이자 튜크스베리 자작이 최근 사라진 현장인 벨비디어의 배질웨더 홀에 익명의 몸값을 요구하는 서한이 도착한 것이다. 레스트레이드 수석 수사관은 어린 자작의 나무 꼭대기 은신처에서 해상용품을 발견한 데 이어…….

"아, 안 돼." 자신도 모르게 이런 말을 읊조린 튜키가 다시 한 번 번민에 찼다.

나는 당혹감으로 움찔한 채 아무 말 없이 계속해서 읽어 내려갔다.

……그 후 런던 부둣가에서도 활발한 조사를 펼친 결과, 레스트레이드 경감은 어린 자작이 사라진 바로 그날 자신들이 실종된 소년을 봤다고 주장하는 여러 목격자를 찾아냈다…….

따져보니 이날은 내가 집을 나와 사라진 바로 다음 날이었다. 그 후로 지금까지 너무나도 많은 일이 있었던 터라, 내가 겨우 사흘 전에 펀델 홀을 떠나왔다는 사실이 믿기지 않았다.

……이제 배질웨더의 작위와 재산의 상속자인 자작은 정말로 유괴된 것으로 가닥이 잡혀가고 있다. 오늘 아침 배질웨더 홀로 전달된 짧은 서한에는 잡지에서 오려 붙인 글자 조합을 통해 거액을 요구하는 내용이 담겨 있었다. 액수에 대해서는 배질웨더 가족이 비밀에 부치기를 바라고 있지만, 튜크스베리 경이 이 무명의 개인 또는 개인들의 손아귀에 있다는 어떤 확실한

226

증거도 없는 상황에서 당국은 그 몸값을 내지 말라고 조언하고 있다. 하지만 엄청난 일을 당한 배질웨더 가족의 연락을 받은 저명한 매체와 강신술사이자 에스트럴 퍼디토리언인 레일리아 시빌 데 퍼페이버는 몸값을 지급하는 게 좋다는 의견을 피력했다. 또 강신술사 레일리아는 자신이 불러들이는 영적 존재와 나눈 대화를 근거로 튜크스베리 자작은 정말로 잡혀 있으며, 유괴범들이 요구하는 대로 들어주지 않을 경우 자작의 생명이 위태로울 수 있기 때문에 반드시 몸값을 지급해야 한다고 강조했다. 참고로 유괴범들이 보낸 서한에는 소브린 금화(20실링, 1816년 영국의 조지 3세에 의한 금본위제도가 제정된 때부터 주조된 금화-역주), 기니(영국의 구 금화로 21실링, 현재의 1.05파운드에 해당. 지금도 말의 매매 같은 경우는 가격에 이 단위를 쓰기도 함-역주)와 같이 몸값을 어떤 화폐로 보내라는 자세한 요청까지 담겨 있었다. 강신술사 레일리아는······.

기사엔 내용이 좀 더 있었다. 하지만 난 읽던 것을 멈춘 채 앉은 자리에서 승합마차 승차장을 뚫어져라 쳐다봤다. 바로 튜키와 내 앞에 있던 승차장이었다. 거기에는 빠르고 날렵해 보이는 멋진 이륜마차와 투박하지만 널찍한 사륜마차가 있었다. 먹이 포대의 귀리를 우적우적 씹어 먹으며 휙 소리와 함께 꼬리를 휘둘러대는 번지르르한 말들과 뼈만 앙상한 말들도 보였다. 요금 받기를 기다리며 어정거리는 약간 뚱뚱한 마부들과 다 헤진 누더기 차림의 마부들도 있었다. 하지만 사실 나는 이 광경 중 어떤 것도 보고 있지 않았다. 내 정신은 온통 강신술사 레일리아의 모습을 기억해내는 데 쏠려 있었다. 그러나 지난 사흘 동안 너무나도 많은 일이 일어났던 터라, 내 머릿속엔 오직 빨간색 머리카락과 커다란 얼굴, 덩치 큰 몸뚱이, 그리고 노란색 염소 가죽 장갑을 낀 큼지막한 손만 떠오를 뿐이었다……

어디선가 작은 목소리가 들려왔다. "돌아가야만 해."

잠시 멍하니 승차장을 바라보며 딴생각을 하고 있던 나는 시선을 돌려 튜키를 쳐다보았다. 그 잘생긴 어린 소년은 얼굴이 창백해져 있었다.

"집으로 가야겠어요." 그가 말했다. "냉혈한 악당들이 가족에게서 돈을 빼앗는 걸 놔둘 수는 없잖아요."

나는 고개를 끄덕였다. "누가 그 몸값을 요구하는 서한을 보냈는지 알고 있는 거군요."

228

"그래요."

"그렇다면 내가 생각한 대로 그들이 여전히 당신을 쫓고 있겠군요."

"우리 둘 다죠. 암요, 그렇고말고요."

"차라리 경찰서에 가는 편이 낫지 않을까요."

"아마도요." 하지만 그는 슬그머니 내 눈을 피했다.

그는 새 신발의 뾰족한 끝을 살폈다. 말이 새 신발이
지 사실은 오래된 부츠에서 떼어낸 가죽 조각들을 엮
어 새로 수선한 신발이었다.

나는 튜키의 다음 말을 기다렸다.

마침내 그가 입을 열었다. "어쨌든, 이건 내가 기대하
던 건 아니었어요. 특히 조선소가 그랬어요. 물도 더럽
고 사람들도 더러웠어요. 그들은 바르게 살려고 애쓰
는 사람을 좋아하지 않아요. 고상한 척하는 사람이라
고 여길 뿐이죠. 거지들도 그렇게 여기고 침을 뱉죠. 누
군가 내 돈과 부츠, 심지어 내 긴 양말까지 훔쳐갔어요.
어떤 사람들은 아주 비열해요. 앉은뱅이한테서까지도
훔치죠."

"앉은뱅이?"

"잠귀신이요. 그들은 앉은뱅이들을 그렇게 불러요.
왜냐하면 늘 꾸벅꾸벅 조니까요. 그렇게 비참한 사람
들은 처음 봐요." 그의 목소리가 낮아졌다. "아무것도
없는 무일푼의 늙은 여자들은 심지어 자신의 두 발로
설 힘도 없죠. 그들은 구빈원(스스로를 부양할 수 없는 자
들에게 거처와 일자리를 마련해주는 시설로, 잉글랜드와 웨일
즈에 있었다-역주) 계단에 비몽사몽 상태로 앉아 있지만

229

어디에도 몸 둘 곳 없이 거의 죽어가는 상태라 구걸할 수조차 없어요. 누군가 그들에게 차라도 사서 마시도록 1페니를 주면, 그들은 그 1페니를 주우러 엉금엉금 기어오곤 한답니다."

충격을 받은 나는 인도를 기어다니며 머리카락이라곤 한 가닥도 없는 온통 상처투성이의 노파를 떠올렸다.

"그러고 나서 다시 원래 있던 자리로 기어가는 거죠." 튜키는 그 순간 더 나지막하고 괴로움이 묻어나는 목소리로 말을 이었다. "그리고 다시 층계에 걸터앉는 거예요. 구빈원에선 한 달에 고작 세 끼의 식사만 할 수 있고, 딱 하룻밤만 잘 수 있어요. 겨우 세 끼라고요. 만약 그보다 더 요구하는 날엔 철창 안에 갇히는 것은 물론, 형벌로서 사흘간 중노동을 해야 하는 신세가 되죠."

"뭐라고요? 난 구빈원이 불운한 사람들을 당연히 성심껏 도울 거라 생각했어요."

"저도 그렇게 생각했죠. 한번은 그곳에 구두를 사러 간 적이 있어요. 하지만 그들은…… 그들은 나를 비웃어대고, 막대기로 때리더니 쫓아내더군요. 그러더니만…… 그 끔찍한 작자가……."

스퀴키에 대한 기억으로 튜키의 눈가에 눈물이 맺혔다. 그는 말을 멈췄다.

"집에 가기로 결정했다는 말을 들으니 기쁘군요." 잠

시 후 내가 입을 열었다. "당신의 어머니도 당신을 보면 매우 기뻐할 거예요. 아마 알고 있겠지만, 그분은 하루하루를 눈물로 지새우고 있어요."

내가 어떻게 그런 걸 다 아는지에 대한 질문 하나 없이 그는 수긍하며 고개를 끄덕였다. 내가 이미 모든 걸 다 알고 있는 것처럼 보였던 모양이다.

"당신의 말을 들으면 틀림없이 어머니도 이해하실 거예요. 더는 당신이 소공자들이나 입는 그런 옷들을 입을 수 없다는 걸 말이죠."

그가 매우 부드럽게 말했다. "옷의 종류 같은 건 이제 중요치 않아요. 전에는 전혀 깨닫지 못했지만……."

그는 말을 끝맺지 못했다. 내가 보기에 그는 잠귀신이라 불리며 죽은 사람과 별반 차이 없이 사는 늙은 여자들에 대한 기억, 아픈 맨발로 도망치던 기억, 부둣가, 스퀴키, 그리고 개처럼 발로 차이던 기억 등 모든 충격적인 기억에서 헤어나오지 못하고 있는 듯했다.

런던에서의 이틀을 통해 나는 여태껏 모르고 지내왔던 너무나도 많은 사실을 알게 되었다.

그리고 이제 그런 것들을 알게 된 덕분에 내가 겪는 불행쯤은 아주 작아 보였다.

나는 자리에서 일어나 승합마차를 불렀다. 마부석이 뒤쪽의 승객보다 높은 데 있는 확 트인 이륜마차였다.

왠지 우리가 한창 유행인 마차를 탔으면 싶었다. 튜키는 마치 신사처럼 손을 내밀어 내가 마차에 오르도록 도와주었고, 나는 마부에게 갈 곳을 알려주었다. "런던 경찰청으로 가주세요."

15장

튜키와 동행하는 건 차치하고서라도, 나는 런던 경찰
청에 가야 할 나만의 용건이 있었다.

"근사하군요!" 마구에 달린 방울을 딸랑딸랑 울리며
말이 총총걸음으로 나아갈 때, 마차 안에서 런던 거리
를 지켜보던 튜크스베리가 외쳤다.

나는 오로지 내 생각에만 집중했다. 커터와 에스트
럴 퍼디토리언인 레일리아 시빌 데 퍼페이버에 관한
심증을 굳혀야 했다. 사실 내게는 아무런 실질적 증거
가 없었다. 하지만 그동안 벌어진 일을 곰곰이 생각해
볼 때, 커터와 레일리아가 유괴 조직에 연루되어 있을
것이라는 강한 심증이 들었다. 아마도 레일리아는 나
에 관해 커터에게 말했을 것으로 보인다. 레일리아 말
고 누가 또 그런 일을 할 수 있었겠나? 숙소 주인? 공작부인? 그녀의 하녀들? 전혀 그럴 것 같지 않았다. 배질웨더 홀에서 마주쳤던 모든 사람 중에 레스트레이드 경감과 레일리아만 내가 튜크스베리 경의 소재에 관해 이야기하는 것을 들었다. 그렇다면 레스트레이드와 레일리아 둘 중 한 사람이 커터에게 연락을 취했고, 그가 스쿼키에게 전보를 쳐 튜키를 잡아 가두도록 했을 것이다. 레스트레이드는 절대 그럴 리가 없다고 본다면, 커터에게 연락을 한 자는 레일리아가 틀림없다는 결론에 이른다.

튜키가 말했다. "난 왜 마부가 말에서 꽤 먼 뒤쪽 꼭대기에 앉아 있는지 이해가 안 됐어요. 근데 이제 알겠네요. 그렇게 하면 보는 데 방해될 게 없네요."

"음…… 흠……." 나는 석연찮은 레일리아의 혐의를 계속 생각하며 중얼거렸다. 그녀는 겉으로는 선의를 베푸는 천사인 척하며 뒤로는 커터와 스쿼키라는 악마들과 동맹을 맺었다. 당시 커터와 스쿼키는 피해자인 튜키를 유괴했고, 나는 사건을 추리하고 있었다. 또 레일리아는 미심쩍은 서비스를 제공하기 위해 방문했고, 커터와 스쿼키가 몸값을 요구하는 동안 소위 자신의 영적 통찰력을 이용해 행방불명자의 소재를 파악하는 척 현혹하여 후한 대가를 받았다. 그들 모두 돈을 벌어들이도록 판을 짜놓았으며, 그 더러운 비즈니스에서

한통속이었던 것이다. 튜키의 경우 애초에 집을 벗어나 가족들이 찾을 수 없는 곳으로 떠나고자 했지만 결국 커터와 스퀴키의 유괴 대상이 되고 말았을 것이다.

나 자신을 위험에 빠뜨리지 않고 당국에 어떻게 알릴지 확신이 서지는 않았지만, 나는 이 악행을 멈출 뭔가를 해야만 했다.

튜키가 말했다. "푹푹 찌는 날 이렇게 바람을 쐴 수 있다니 정말 기분 좋은데요!"

아, 이 성가신 아이는 꼭 이렇게 까치처럼 재잘거려야만 할까? 대답 없이 입술을 꼭 다문 채, 나는 스커트 주머니에 손을 넣어 연필과 접힌 종이 한 장을 꺼냈다. 그러고는 무릎 위에 종이를 올려놓고 한 남자의 특징을 살려 빠르게 스케치했다. 그림 속에서 슬슬 이 남자의 윤곽이 나타나자, 나도 모르게 화가 치밀어 올랐다. 그림을 보던 튜키가 수다를 멈추고 나를 쳐다봤다.

"그건 커터잖아요." 그가 말했다.

아무런 응대도 하지 않은 채 나는 스케치를 마쳤다.

"정말 커터군요. 양쪽 귀 주변에 남은 머리카락까지 똑같아요. 대단하네요. 어떻게 그렇게 그리죠?"

나는 아무 대답도 하지 않은 채 그 접힌 종이를 뒤집어 깨끗한 면에 또 한 사람을 스케치했다. 때마침 아주 의욕이 충만한 상태였기 때문에 어떤 의식적인 기억

없이도, 일부러 생각을 쥐어짜지 않고도, 주저하지 않고 거침없이 그려나갈 수 있었다. 마치 내 마음 깊은 곳의 어떤 근원에서 나온 무언가가 내 손을 타고 흐르며 펜을 빠르게 움직이는 것 같았다.

"그건 누구죠?" 튜키가 물었다.

이번에도 나는 대답하지 않았다. 커다란 덩치의 인상적인 여자의 모습을 다 그리고서는 접힌 종이를 펼쳐 지체 없이 두 그림을 동시에 쳐다봤다. 캐리커처로 묘사한 한 남자와 한 여자가 나란히 서 있었다.

그 순간 나는 알았다.

그러면 그렇지. 그자가 여성이 되기 위해 필요했던 건 긴 머리로 위장하기 위한 가발, 각종 특허받은 확대 보정기, 가슴 보정기, 허리받이, 조절기, 그리고 드레스나 모자, 장갑 같은 변장용 필수 소품들이 전부였다. 다른 사람은 다 속아도 나는 속지 말아야 했다.

그 순간 튜키도 바로 눈치채고는 속삭였다. "같은 사람이군요."

밝은 빨강색 가발은 귀 주변에만 남아 눈에 띄는 머리카락을 숨기는 동시에 얼굴로 향하는 시선을 분산시키려는 목적이었을 것이다. 그리고 입술과 속눈썹, 눈에 덕지덕지 바른 과한 화장은 사실 너무나도 빤한 얼굴 변장이었다. 교양 있는 여성이라면 이런 화장을 할

리 만무했다. 고로 이 사람은 교양 있는 사람도, 여성도 아니었다.

그림 속의 두 사람을 번갈아 가리키며 튜키가 물었다. "이게 커터면, 그럼 이 사람은 대체 누구죠?"

그자에게 이름 따위는 아무 의미도 없겠지만, 튜키에게 대답해주었다. "레일리아 시빌 데 퍼페이버."

"제아무리 영국 황태자라도 소용없어요," 그저 고개만 한번 까닥하고는 책상 앞에 앉아 있던 경사가 말했다. "다른 사람들처럼 차례가 될 때까지 앉아서 기다리세요." 여전히 서류와 사건 기록부에 시선을 고정한 그가 내 뒤의 복도를 향해 두툼한 손을 퍼덕거렸다.

나는 방금 자신의 이름을 튜크스베리 배질웨더 자작이라고 소개한 튜키에게 미소를 지었다. 그는 웃음이 나오려는 걸 간신히 참는 눈치였다. "같이 기다려줄게요." 내가 속삭였다.

어쨌든 여기 런던 경찰청에서 내 임무를 완수할 수 있을 듯싶었다. 하지만 내가 자전거를 타고 키네포드를 떠났던 그때처럼, 여전히 최상의 계획은 아무것도 계획하지 않는 것이란 느낌이 들었다.

튜키와 나는 바닥이 짙은 색 목판으로 되어 있는 복도를 따라 죽 늘어선 의자들 중 하나에 앉았다. 이 의자들은 어떤 교회의 신도석보다도 몹시 강하고 단단한 질감이었다. 내 옆에 앉은 튜키가 중얼거렸다. "옷 안에 두둑한 안감이 있어서 좋겠어요."

세상에 이런 발칙한 말을! "쉿!"

"내게 그런 표현 쓰지 말아요. 당신의 정체나 알려줘요."

"안 돼요." 나는 목소리를 낮췄다. 복도를 따라 다른 의자에 앉아 있는 사람들이 경찰과의 면담을 기다리고 있었기 때문이다. 하지만 그들은 자신들만의 대화나 문제에 집중하고 있을 뿐, 우리에겐 눈길 한번 주지 않았다.

튜키는 목소리를 낮춰야 한다는 걸 알 만큼의 분별력은 있었지만, 계속 강하게 밀어붙였다.

"당신은 내 목숨을 구했어요. 아니 최소한 내 명예를 지켜주었죠. 그리고 당신은 내게 너무나도 많은 일을 해줬어요. 감사를 표하고 싶어요. 대체 당신은 누구죠?"

나는 고개를 가로저었다.

"당신은 왜 성인 여자 행세를 하고 다니는 거죠?"

"무례한 소년이군요. 말조심해요."

"무례한 소녀군요. 내가 당신 이름을 절대 모를 것 같아요?"

"쉬잇!" 나도 이러고 싶진 않았지만, 어쩔 수가 없었다. 나는 또다시 "쉿!" 하면서 튜키의 팔을 움켜잡았다.

복도 한쪽 끝의 문이 열리면서 낯익은 얼굴의 남자 한 명이 들어오는 게 보였기 때문이다.

사실, 낯익은 얼굴의 남자는 한 명이 아닌 두 명이었다.

잠시 동안 나는 하늘이 노래지면서 정말로 쓰러질 것만 같았다. 코르셋이 조여서가 아니었다.

오, 하늘이시여.

그 남자들 중 한 명은 레스트레이드 경감이었다. 하지만 내가 놀란 건 그 때문이 아니었다. 사실 런던 경찰청에 튜키와 동행하기로 하면서 레스트레이드와 마주칠 거라는 예상은 어느 정도 했었다. 또 설령 마주친다 해도 레스트레이드는 분명 배질웨더 홀에서 잠깐 본 그 검은 베일의 과부가 나라는 걸 눈치챌 리 없을 듯했다.

내가 놀라 나자빠진 건 나머지 한 명의 모습 때문이었다. 바로 셜록 홈즈였다.

나는 심호흡을 하면서 정신을 가다듬었다. 그러고는 덤불 속에 묻혀 눈에 잘 안 띄는 암꿩처럼, 짙은 색의 딱딱한 긴 목재 의자와 벽 문양에 묻혀 내 모습이 눈에 잘 안 띄도록 잠자코 앉아 있었다. 제발, 그들이 날 알아채지 않기를. 그들 중 하나라도 날 알아보는 날엔, 얼마 안 되는 내 자유의 날도 끝이었다.

그들이 천천히 우리 쪽으로 다가왔다. 둘은 대화에

239

심취해 있었다. 다만 훨씬 큰 셜록 오빠가 그 흰 담비 같은 레스트레이드의 머리에 오빠의 머리를 바싹 대고 이야기하고 있었다. 나는 튜키를 놔주고 내 무릎 쪽을 쳐다보면서 떨리는 손을 꽉 쥔 채 스커트의 접힌 부분에 숨겼다.

"이 배질웨더 사건은 도통 갈피를 못 잡겠단 말이에요……." 귀에 거슬리는 레스트레이드의 목소리가 들려왔다. "이 사건 한번 봐주실래요, 홈즈."

"홈즈?" 내 옆에 꼿꼿한 자세로 앉아 있던 튜키가 헉하고 숨을 내쉬었다. "그 사람이에요? 그 유명한 탐정?"

내가 기어들어가는 목소리로 말했다. "제발 조용히 해요."

튜키가 잠잠해진 것을 보니, 내 목소리에서 느껴지는 간절함을 알아차린 게 분명했다.

셜록 오빠가 레스트레이드에게 말했다. "내 여동생을 찾는 일에 경관들 좀 더 배치했으면 하는데 당신네들은 뒷짐만 지고 있군요." 오빠의 목소리는 마치 잘 조율된 바이올린 줄처럼 팽팽하게 들렸다. 오빠의 목소리에서 뭔가가, 입 밖에 내진 않았지만 그 뭔가가 나비처럼 내 마음속에 들어와 가슴 저미도록 날갯짓을 해댔다.

"물론이죠, 셜록 씨." 레스트레이드의 목소리에선 동

정심 이면에 자못 고소해하는 기색도 엿보였다. "그래도 정보를 더 주실 수 없다면……."

"집사 말로는 어머니가 십 년 넘게 자신이나 에놀라의 초상화를 그린 적이 없다더군요. 빌어먹을 아줌마."

"글쎄요. 우리한텐 당신 여동생이 그린 어머니의 스케치가 있는데 말이죠." 런던 경찰청 경감의 목소리에서 고소해하는 기색이 역력히 드러났다.

순간 셜록 오빠가 그의 말을 가로막으며 불쑥 손을 내밀어 팔을 움켜쥐었다. 이제 두 사람은 튜키와 나의 바로 앞에 선 상태였다. 신의 가호로, 아니면 순전히 운으로 그렇게 우리를 등지고 서 있었다.

"이것 보세요, 레스트레이드 씨." 오빠의 목소리는 엄밀히 말하자면, 화난 목소리는 아니었다. 하지만 마치 최면을 걸 듯 끌어당기는 그 힘 있는 톤에 감탄이 절로 나왔다. 레스트레이드도 오빠의 말에 압도되어 초집중하는 눈치였다. 셜록 오빠가 레스트레이드에게 말했다. "어머니와 여동생의 실종 건으로 내 자존심이 크게 구겨졌을 거라고 생각하는 거 알아요. 지금 어머니는 흔적도 찾을 수 없는 상태고, 여동생은 그나마 당신이 정보를 줘서 고맙게 생각하고 있어요. 하지만……."

"장담컨대," 레스트레이드가 눈을 깜박이며 셜록의 말을 가로막았다. 그의 시선이 한쪽으로 쏠렸다. "그런

241

생각은 해본 적도 없어요."

"허튼소리. 그렇다고 당신을 비난할 맘은 없어요. 상황이 좋아진 것도 없지만, 나빠진 것도 없으니." 레스트레이드의 당혹스러운 답변에도 아랑곳하지 않은 채 오빠는 한쪽에 검은 장갑을 낀 손으로 다시금 그의 시선을 사로잡았다. "그런데 레스트레이드 씨, 내 생각엔 조사 목록에서 어머니 유도리아 버넷 홈즈는 빼는 게 어떨까 싶어요. 어머니는 본인 스스로의 판단으로 일을 벌였고, 설령 해를 입는다 해도 그건 어머니 자신이 자초한 일이니까요."

다시금 내 가슴이 저려왔다. 나비가 펄럭이는 것 같은 그런 아픔은 아니었지만, 뭔가 다른 종류의 아픔이었다. 당시 나는 내 영리한 오빠의 한 가지 주체할 수 없는 약점을 알지 못했다. 그런 거친 말을 내뱉는 게 오빠의 우울증 때문이란 걸 알지 못했던 것이다.

"하지만, 에놀라 홈즈는 달라요." 셜록이 말을 이었다. "내 여동생은 순진하죠. 그 아인 아무도 돌보지 않는 가운데 교육 한번 제대로 받지 못한 철없는 몽상가예요. 난 동생을 돌보지 못하고 마이크로프트 형에게 떠맡기고 온 내 과오를 뼈저리게 느끼고 있어요. 형은 건전한 정신의 소유자이지만 인내심은 전혀 없죠. 아마 망아지를 길들이는 게 마구를 채울 문제가 아니라 시간이 걸리는 문제란 걸 죽었다 깨어나도 이해하지 못할 거예요. 물론 여동생은 아직 뭘 잘 모르는 데다 열정만 넘쳐서 집을 떠났지만요."

나는 단발 가발의 앞머리 사이로 코안경을 쓴 채 오빠를 쏘아보고 있었다.

"저랑 대화할 때 홈즈 씨 동생은 매우 똑똑해 보였어요." 레스트레이드가 말했다. "특히 동생분은 저를 속였죠. 맹세코 홈즈 씨의 여동생은 적어도 스물다섯은 돼 보였어요. 침착하고, 재치 있고, 사려 깊고……."

쏘아보던 내 시선이 부드러워졌다. 나는 레스트레이드의 말에 상당히 동의했다.

오빠가 말했다. "사려 깊고 상상력이 풍부하지만, 그 아이도 여자의 약점을 지니고 있죠. 논리가 부족하단 뜻이죠. 이를테면, 도대체 왜 경비원에겐 제 입으로 본명을 말해버렸을까요?"

"아마도 당시엔 어쨌든 배질웨더 홀에 들어가려다 보니 그리된 것 같아요. 동생분은 분별력이 있었어요. 자신을 찾기 매우 힘든 도시인 런던으로 지체 없이 떠난 것을 보면요."

243

"그 아이에게 무슨 일이든 벌어질 수 있는 무서운 곳이죠. 그 아이가 설령 스물다섯 살이라 하더라도요. 게다가 그 아이는 겨우 열네 살이에요."

"물론 아까 말했듯이 런던은 더 어린 사람에게도, 무슨 일이든 벌어질 수 있는 곳이죠. 배질웨더 공작의 아들 같은 사람에게도 말이죠."

그 순간 튜키가 목청을 가다듬더니 '흐음……' 하고 헛기침을 하며 자리에서 벌떡 일어섰다.

그야말로 내겐 생각하고 말고 할 틈도 없었다. 그때 내겐 다른 선택권이 없어 보였다.

나는 바로 달아났다.

경감과 위대한 탐정이 돌아서서 평범한 옷을 입은 소년을 얼빠진 듯 바라보는 동안, 그렇게 그들이 눈을 깜박이며 빤히 쳐다보다가 소년의 정체를 서서히 알아가는 동안, 나는 일어나서 살금살금 자리를 벗어났다. 잔뜩 놀란 셜록 홈즈의 모습이 언뜻 보였다. 그런 오빠의 모습을 본다는 게 얼마나 드문 일인지 잘 알고 있던 나는 그 인상적인 순간을 잠시나마 즐겼다. 하지만 더 머물지는 않고 복도를 몇 발짝 걸어간 후, 눈에 띄는 첫 번째 문을 열고 들어가 등 뒤로 부드럽게 닫았다.

어느새 나는 여러 책상이 놓인 한 사무실 안에 있었다. 이곳에는 한 책상을 제외하고는 모든 책상이 텅 비어 있었다. "실례합니다," 서류작업을 하다가 잠깐 머리를 든 젊은 순경에게 말을 걸었다. "경사가 안내 데스크에서 잠깐 보자시는데요."

십중팔구 그는 나를 최근 런던 경찰청에 고용된 속기 등사자(글씨를 베끼어 써주는 일을 직업으로 하는 사람-역주) 나 그런 비슷한 일을 하는 직원으로 볼 것이다. 그가 고개를 끄덕이더니 자리에서 일어나 바깥으로 나갔다.

나 역시 창문을 통해 바깥으로 나갔다. 그러니까 창문을 들어 올린 후 자전거에 올라타듯 창틀을 뛰어넘어 인도로 내려섰다. 물론 인도에는 지나가는 사람들이 있었지만 나는 마치 정상적인 통로를 이용해 건물을 나온 양 절대 행인들의 눈치를 살피거나 하지 않았다. 그런 다음 코안경을 벗어 말들이 날쌔게 지나다니는 길가로 던져버렸다. 나는 젊은 전문직 여성에 걸맞은 똑바른 걸음걸이로 씩씩하게 그 자리를 빠져나갔다. 때마침 모퉁이에서 옴니버스 승합마차 한 대가 멈춰섰다. 나는 마차에 올라타 요금을 낸 후 절대 뒤돌아보지 않은 채 마차 안 런던 사람들 사이의 빈 좌석에 앉았다. 그 커다란 승합마차가 나를 실어 나르는 동안, 아마도 오빠와 레스트레이드는 여전히 튜키에게 질문을 하고 있었을 것이다.

하지만 오빠와 레스트레이드는 머지않아 내 이동 흔적을 찾아내리라. 튜키가 어떻게 과부 차림의 한 소녀와 함께 커터의 보트를 탈출했는지 이야기할 것이기 때문이다. 홈즈라는 이름의 한 소녀와 함께 말이다. 아마도 지금쯤이면 튜키는 나를 소개시키려고 찾아다닐 것이다. 그러나 내가 있던 자리에는 두 장의 스케치, 즉 커터와 레일리아를 그린 캐리커처만 끔찍한 모양의 초록색 양산과 함께 놓여 있으리라. 튜키와 대화를 나눈 레스트레이드가 그 스케치의 중요성을 깨닫기 바란다.

어쨌든 이처럼 갑작스레 작별인사도 없이 튜키를 떠나오게 되어 미안한 마음이 들었다.

하지만 한편으로는 이번 튜키 사건이 잘 해결된다 한들 나와 무슨 상관인가 싶기도 했다. 나는 아직 엄마를 찾아야 했기 때문이다.

비록 변장한 상태이긴 했지만 셜록 오빠와 좀 더 긴 시간을 보낼 수 없었던 게 무척 안타까웠다. 오빠를 바라보고 오빠의 말을 들으며 오빠에 대해 감탄하고 있을 시간을 더 오래 가질 수 없었던 게…… 나는 사실 마음속에서부터 오빠를 갈망하며 그리워했다. 마치 내가 무당벌레, 그래, 무당벌레라도 되는 양 날아서 집으로 돌아가고 싶었다…….

246 하지만 유명한 탐정인 내 오빠는 엄마를 찾는 데 정성을 쏟지 않았다. 피도 눈물도 없는 오빠 같으니라고! 오빠에 대한 감탄으로 펄럭이던 내 모든 감정의 날개가 접히면서 마음 한구석에 고통이 밀려왔다.

하지만 이게 오히려 다행스러운 일이었는지도 모른다. 셜록 오빠와 마이크로프트 오빠는 엄마가 펀델 홀에 돌아오기를 원했지만, 분명히 엄마는 펀델 홀에 있고 싶어 하지 않았다. 언젠가 엄마를 찾게 되면 난 엄마를 불행하게 할 어떤 일도 요구하지 않을 것이다. 나는 엄마의 자유를 박탈하려고 엄마를 찾는 게 아니었다.

나는 그저 엄마가 내 곁에 있기를 바랄 뿐이었다.

그게 전부였다.

엄마와 이야기를 나누고 싶었다. 지금 당장이라도 만나서 엄마와 차 한잔 마시며 수다를 떨고 싶었다.

엄마가 어디에 있는지만이라도 알고 싶었다.

마음 한구석으론 엄마가 혹 다치기라도 했을까봐 두려운 것도 사실이었지만, 여전히 나는 엄마가 코르셋도 없고, 허리받이도, 모자나 부츠도 없는 곳으로 갔을 것이라고 상상했다. 그러니까 꽃과 화초로 둘러싸인 그런 곳으로 말이다. 그러나 아이러니하게도 엄마를 본보기 삼아 도피의 여정 가운데 있는 나는 아직까지 이 도시에서 궁전이나 황금마차를 마주치지 못했고, 다이아몬드나 모피를 두른 여성을 만나보지 못했다. 오히려 이 도시의 오물 구덩이를 뛰어다니거나, 피부병으로 머리카락이 다 빠진 노파가 인도에서 기어다니는 비참한 광경만 목격했을 뿐이다.

틀림없이 엄마는 그런 비참한 지경에 빠지지 않았을 것이다. 혹시라도 그럴 가능성이 있을까?

그렇지 않다고 확신한다. 거기다 이제 내겐 몇 시간 밖에 남지 않았다. 영국의 전 경찰대가 나를 찾으려고 삼엄한 경계를 펼치기 전에 내가 행동할 수 있는 시간 말이다.

다음 정류장에서 내린 나는 한 블록 걸어가 승합마 차를 불렀다. 이번에는 내 얼굴이 보이지 않도록 사륜 마차를 탔다. "플리트 스트리트로 가주세요." 마부에게 말했다.

마차가 이 도시의 극심한 교통체증을 통과할 즈음, 나는 종이와 연필을 꺼내 메시지 하나를 써 내려갔다.

THANK YOU MY CHRYSANTHEMUM
ARE YOU BLOOMING? SEND IRIS PLEASE.

국화야 고마워. 너는 지금 꽃을 피우고 있니? 내게 아이리스를 보내줘.

나는 『꽃말』에서 아이리스가 '메시지'를 의미한다고 했 던 것이 또렷이 기억났다. 꽃다발 속의 꽃들 가운데 아 이리스는 그 꽃다발을 받는 사람에게 꽃다발 속에 있 는 다른 꽃들의 의미를 주목하라는 메시지를 전했다. 그리스 신화에서 여신 아이리스도 무지개를 통해 올림

포스 산(천상, 신의 세계-역주)과 지상(인간 세계-역주) 사이에서 메시지를 전달했다.

하지만 『꽃말』에 수록된 다른 많은 내용에 대해서는 그다지 잘 기억나지 않았다. 아무래도 숙소를 구하자마자 참고용으로 그 책 한 권을 꼭 손에 넣어야겠다.

나는 무엇으로도 대신할 수 없는, 엄마가 준 선물 꾸러미에 있던 나머지 한 권을 잃어버려 가슴이 찢어질 듯 아팠다. 엄마의 가장 소중한 선물인 내 암호 책 말이다. 커터가 그 책으로 대체 무엇을 했는지는 절대 알지 못할 것 같다. (당시에는 그렇게 생각했다.)

하지만, 암호 책이 사실상 더는 필요 없다는 확신이 들기도 했다. (마찬가지로, 당시에는 그렇게 생각했다.)

어쨌든 다시 내 메시지로 돌아와서, 나는 내가 쓴 메시지의 글자들을 반대 순서로 다시 써보았다.

ESAELPSIRIDNES? GNIMOOLBUOYERAM
UMEHTNASYRHCYMUOYKNAHT

그런 다음 윗줄과 아랫줄의 글자들을 지그재그 형태로 번갈아 붙여서 다시 두 줄을 만들어봤다. 그랬더니 다음과 같은 메시지가 되었다.

EALSRDE? NMOBOEAUETAYHYUYNH
SEPIINSGIOLUYRMMHNSRCMOKAT

그러고 나서, 길을 따라 덜컹거리는 승합마차의 흔들리는 좌석에 앉아 메시지의 윗줄과 아랫줄을 서로 바꾸어보았다. 나는 이 메시지를 엄마가 빼먹지 않고 구독하던『펠맬 가제트』지와 엄마가 즐겨 읽던『현대 여성 잡지』,『의상 혁명 저널』, 그리고 여러 다른 간행물의 인사 광고란에 실을 것이다. 내 암호는 이랬다.

"Tails ivy SEPIINSGIOLUYRMMHNSRCMOKAT tips
ivy EALSRDE? NMOBOEAUETAYHYUYNH your Ivy"
"담쟁이덩굴 아래쪽 끝 담쟁이덩굴 위쪽 끝 당신의 아이비"

나는 암호에 익숙한 엄마가 이 암호를 보게 되면 유심히 쳐다볼 수밖에 없다는 걸 알았다. 불행히도 일간신문의 인사 광고란을 고민상담란이라 부르며 빈정대면서도 은근히 즐겨 읽곤 하던 셜록 오빠 또한 그 광고를 볼 거라는 걸 알았다.

하지만, 오빠는 담쟁이덩굴이 말뚝 울타리를 거꾸로 타는 방식에 관해선 아무것도 몰랐기 때문에 아마도 그 암호를 해독할 수 없으리라.

설령 오빠가 그 암호를 해독했다고 해도, 나는 오빠가 그것을 이해하거나 나와 연결 지을지는 의문스럽다.

옛날에 — 아주 오래전 다른 세상에서 벌어진 일 같지만, 실은 겨우 6주 전에 — 한번은 자전거를 타고 가다 셜록 오빠에 대해 생각해본 적이 있었다. 그때 나는 오빠에 비해 턱없이 부족하기만 한, 내 선에서 생각해볼 수 있는 나만의 재능(업적 목록)을 죽 나열해보았다.

하지만 이제는 자전거 대신에 런던의 승합마차를 타고 내 재능과 능력을 담은 새로운 목록을 만들었다. 셜록 홈즈 오빠가 추리는커녕 상상도 못 한 것들을 나는 알아냈다. 셜록 오빠는 엄마의 허리받이(짐)와 (엄마가 꽤 빵빵한 돈다발을 옮기는 데 쓴 것으로 추정되는) 긴 모자의 중요성을 간과했지만, 나는 여성 옷과 관련된 보강물 그리고 장식물의 구조와 쓰임새를 자세히 파악했다. 나는 변장을 잘 활용했으며, 암호화된 꽃의 의미도 알아냈다. 사실 셜록 오빠는 '여자'를 비논리적이고 천한 존재라고 무시했지만, 나는 오빠의 '논리적' 마인드로는 절대 이해하지 못할 것들을 알고 있었다. 나는 여성들이 속한 세계에서만 사용되는 별개의 의사소통 암호에 대해 잘 알고 있었다. 말하자면 모자의 챙과 남녀불평등에 대한 저항이라든지, 손수건과 속임수라든지, 깃털 부채와 공개적인 저항이라든지, 봉인용 밀랍과 우표의 위치에 담긴 메시지라든지, 명함과 언제든 나를 숙녀로 보이게 해주는 위장용 옷과 소품들에 대해 속속들이 알고 있었던 것이다. 나는 큰 어려움 없이 코르셋 속에 나를 지키는 데 필요한 물품과 생활용품은 물론, 심지어 무기도 지닐 수 있겠다고 생각했다. 나는 셜록 오빠가 갈 수 없는 곳에도 갈 수 있으며, 오빠가 감히 이해하거나 상상하거나 실행할 수 없는 일들도 해낼 수 있었다.

그리고 그렇게 할 계획도 세웠다.

1888년 11월,
런던

머리끝에서 발끝까지 검은색 의상을 두른 익명의 낯선
여인이 밤늦게 자신의 숙소에서 모습을 드러내고는 이
스트엔드의 거리를 걷는다. 걸을 때마다 그녀의 곧은
허리춤에선 묵주의 까만 구슬들이 딸깍거리는 소리를
내며 볼품없이 흔들거린다. 베일에 가려진 수녀의 차
림이 그러하듯 그녀는 머리끝에서 발끝까지 두른 검은
옷으로 자신의 큰 키와 깡마른 몸을 감추고 있다. 그녀
의 팔에는 음식과 담요, 의복이 들려 있다. 이는 잠귀신
이라 불리며 기어다니던 여자들, 다시 말해 구빈원 계
단에 옹기종이 모여 있던 가난한 늙은 여자들을 비롯
해 도움이 필요한 모든 사람을 위해 마련한 것이다. 거
리를 지나가는 사람들은 그녀를 수녀라 부르며 그녀의
친절을 받아들인다. 이곳에서 그녀는 어떤 다른 이름으

로도 알려져 있지 않다. 그녀가 아무 말도 하지 않기 때문이다. 틀림없이 그녀는 침묵과 고독의 서약을 했을 것이다. 아니면 상류사회의 말투가 무심코 드러날까봐 교양 있는 말솜씨를 애써 감추고 싶었을지도 모른다. 조용히 거리를 오가는 그녀는 처음엔 호기심의 대상이었지만, 며칠이 지나자 거의 눈에 띄는 일이 없었다.

한편 도시의 훨씬 부유하고 다소 보헤미안(자유분방하게 사는, 흔히 예술 계통에 종사하는 사람-역주)에 속하는 사람들이 사는 구역에서는 어떤 사람이 고딕풍의 거주지 건물에 사무실 하나를 열었다. 이 건물은 강신술사이자 에스트럴 퍼디토리언인 레일리아 시빌 데 퍼페이버가 충격적인 유괴 스캔들로 체포되기 전까지 그녀의, 아니 '그의' 강령회를 열던 곳이다. 전 거주자 레일리아는 감옥에 갔고, 이제 그 집의 돌출된 창문에는 현수막이 나붙었다. '곧 상담 개시. 레슬리 티 라고스틴 박사, 사이언티픽 퍼디토리언.' 틀림없이 이 과학자는 남성이고, 중요한 인물이며, 대학이나 대영 박물관에서 활동하는 꽤나 바쁜 인물일 것이다. 당연히 이 부유한 지역에서 위대한 레슬리 티 라고스틴 박사를 본 사람은 아무도 없다. 하지만 매일 그의 비서가 용무를 돌보며 이 새로운 사무실에서 이런저런 일들을 잘 관리하고 있다. 젊고 솔직한 이 비서는 딱히 특별해 보일 것 없는 평범한 여성이다. 물론 런던에서 고군분투하며 고향의 가족들에게 적은 돈이나마 부치려고 애쓰는 수천명의 다른 젊은 여성 타이피스트들이나 회계 장부 담당자들과 견줄 만한 탁월한 업무 효율성만 빼면 말이다. 그녀의 이름은 바로 아이비 메퀄리이다.

큰 도시에서 홀로 사는 정숙하고 단정한 젊은 여성에 걸맞게 아이비 메퀄리는 직장 근처의 프로페셔널 위민스 티룸Professional Women's Tea-Room에서 매일 같이 점심을 먹는다. 전문직 여성들이 즐겨 찾는 그곳에서 그녀는 약탈적인 남성이라는 종족과 절대 마주칠 일이 없도록 보호받는 가운데 『팰맬 가제트』지와 여러 다른 간행물을 읽으며 홀로 앉아 있다. 그녀는 이미 여러 간행물 중 하나에서 매우 관심이 가는 인사 광고를 능숙하게 찾아냈으며, 그 광고에 대한 관심이 너무나도 커서 철을 해두고 몸에 지니고 다닐 정도였다. 인사 광고란에는 이런 내용이 쓰여 있었다.

"Iris tipstails to Ivy

ABOMNITEUNTNYHYATEUASRMLNRSML

OIGNHSNOOLCRSNHMMLOABIGOE"

"아이리스가 아이비에게 남기는 담쟁이덩굴 처음과 끝"

때때로, 메줠리 양(혹은 말도 없고 이름도 없는 수녀)은 자
신이 머물고 있는 값싼 숙소에 앉아 홀로 이 종이를 주
머니에서 꺼내어 쳐다본다. 그 암호를 해독한 지는 이
미 오래지만 말이다.

AM BLOOMING IN THE SUN.
NOT ONLY CHRYSANTHEMUM,
ALSO RAMBLING ROSE.

이 메시지는 머리핀도 없고, 코르셋도 없고, 의복 보정
기도 없는 곳에서 황야의 집시와 함께 자유롭게 방랑
하며 돌아다니는 삶에 만족할 뿐 아니라, 그런 삶에 대
해 확신하는 여성이 보낸 것이었다.

엄마가 먼 곳으로 여행을 떠났다면 왜 자전거를 타지
않았을까?
엄마는 떠날 때 왜 펀델 홀의 관문을 통과하지
않았을까?
만일 걸어서 시골길을 건너갔다면, 대체 엄마는 어디로
가는 중이었을까?

이 모든 질문에 한 가지로 귀결되는 답은 바로 엄마가

그렇게 먼 곳으로 여정을 떠나지는 않았다는 것이다. 아마도 사전에 누군가와 약속을 했을 것이며, 그 덕분에 영국 유목민의 이동 주택이 나올 때까지 그리 멀지 않은 거리의 시골길을 걸었을 것이다.

엄마가 남긴 『꽃말』이라는 책에서 덩굴장미는 "자유롭고, 어디든 유랑하는, 집시 같은 삶"을 뜻한다.

그리고 만약 집시들처럼 절도의 흔적이 있다면, 아마, 그곳엔 유도리아 버넷 홈즈의 모습도 보일 것이다. 마이크로프트 홈즈와 그녀가 벌인 거래 관계에서도 드러났듯이 말이다. 아마도 그녀는 자신의 삶을 꽤 즐기고 있을 것 같다.

그렇다면 이제 단 한 가지의 질문만이 남는다.

엄마는 왜 나를 데려가지 않았을까?

전에는 이 마지막 질문 때문에 매우 괴로웠던 적이 있지만 지금은 그 정도는 아니다. 그토록 자유를 사랑하지만, 점차 노년에 접어들면서 죽기 전 자신의 꿈을 실현할 시간이 얼마 남지 않은 여인, 지금까지 그녀는 만년에 낳은 딸을 위해 자신이 할 수 있는 최선을 다해왔다. 언젠가 ─ 소녀는 홀로 걸으며 계획한다 ─날씨가 여행을 허락할 만큼 따뜻해질 무렵, 아마 봄이 오면, 소녀는 집시들 사이에서 엄마를 찾기 위한 여정을 떠날 것이다.

그동안 신문 기사를 오려내 모아둔 엄마의 소식을 들여다보면서, 소녀의 다소 길고 뼈가 앙상한 얼굴은 부드러워지고 미소가 더해져 아름다워질 것이다. 꽃들의 비밀 암호에서 장미는 종류를 막론하고 사랑을 의미한다는 사실을 소녀는 알고 있기 때문이다.

〈끝〉

암호 해독법

'위쪽 끝 아래쪽 끝TIPSTAILS'은 어떻게 암호가 구성
되었는지를 나타낸다.

이를 해독하기 위해 우선 암호를 반으로 나눠보자.

ABOMNITEUNTNYHYATEUASRMLNRS

MLOIGNHSNOOLCRSNHMMLOABIGOE

첫 줄은 '담쟁이덩굴 위쪽 끝'이고, 두 번째 줄은 '담쟁
이덩굴 아래쪽 끝'이다.

260   다음은 각 줄의 글자를 위아래로 번갈아 배치한 것이다.

AMBLOOMINGINTHESUNNOTONLYCHR

YSANTHEMUMALSORAMBLINGROSE

그런 다음 그 결과를 단어로 분리해보면 아래와 같은
문장이 된다.

AM BLOOMING IN THE SUN

NOT ONLY CHRYSANTHEMUM

ALSO RAMBLING ROSE

나는 양지에서 꽃을 피우고 있단다.

국화뿐 아니라

덩굴장미를 피우고 있단다.

식을 줄 모르는 셜록 홈즈의 인기

날카로운 매의 눈, 크고 뾰족한 코. 각지고 깡마른 얼굴, 마르고 다부진 몸매. 도대체 빈틈이라고는 찾아볼 수 없는 촌철살인 외모의 소유자. 바로 영국의 소설가 아서 코난 도일이 만들어낸 셜록 홈즈를 두고 하는 말이다.

올해로 130살을 맞는 셜록 홈즈, 그런데 아무리 시대가 변해도 그의 인기는 식을 줄 모른다. 여전히 시대를 넘나들며 다양한 모습으로 서점가에서, 영화 스크린에서, 연극 무대에서, 그리고 특히 너나 할 것 없이 셜로키언(Sherlockian, 셜록의 팬덤)을 자청하게 만든 BBC의 안방극장 '셜록' 시리즈에서 끊임없이 재소비되고 있기 때문이다.

불완전한 영혼을 소유한 천재,
이런 그를 알아본 천생 피붙이 여동생의 등장

천재적인 두뇌로 건드리는 사건마다 신출귀몰 경지의 추리력을 보여주는 셜록. 사실 그는 지나치게 논리를 신봉하는 데다 남들의 감정 따위에는 무관심한 탓에 '냉혈한'이라는 소리도 곧잘 듣는다. 그렇다면 가까이하기엔 너무 먼 차가운 남자 셜록에게 왜 사람들은 이리도 지칠 줄 모르는 애정을 드러내는 걸까? 그의 팬 중 그가 조울증 환자요, 마약 중독자요, 여성 혐오자라는 걸 모르는 사람은 드물다. 누군가 연민도 애정의 한 표현이라 했던가? 지독한 우울증을 앓는, 불완전한 영혼을 소유한 천재가 가끔씩 툭툭 내던지는 몇 마디 차가운 말이 미움보다는 안타까움을 자아내는 건 아마도 이런 맥락에서가 아닐까 싶다. 그런데 이런 끈끈한 안타까움을 팬들만큼이나, 아니 때로는 그보다 더 잘 이해하는 사람이 있다.

바로 그의 열네 살배기 여동생, 에놀라 홈즈다. 열네 살 소녀로 성장하기까지 단 한 번도 만나본 적 없는 오빠지만, 이런 천재 오빠의 불완전한 영혼을 본능적으로 알아본 천생 피붙이 여동생 에놀라 홈즈 말이다. 이런 에놀라의 등장이 기대되는 사람은 비단 나뿐일까?

에놀라는 엉뚱하면서도 솔직 담백한 아이였다

사실 에놀라 홈즈를 말할 때 셜록 홈즈라는 인물을 떼놓고 생각할 수는 없다. 그만큼 그녀의 일거수일투족은 늘 잘난 누군가의 비교 대상이 된다는 소리다. 학창시절 "너 누구누구 동생이구나?"란 소리를 들어본, 소위 잘난 형제자매를 둔 사람이라면 아마도 대번에 이 말을 이해할 것이다. 하물며 셜록 홈즈는 잘나도 너무 심하게 잘난 오빠 아닌가?

하지만 다행히도 에놀라는 이런 셜록 오빠의 총명함은 물론 '외모'까지 빼다 박았다. 아울러 이건 에놀라 자신은 물론 팬들도 반길 만한 대목일 것이다. 하지만 에놀라에겐 그렇지 않단다. 이유인즉슨, 자랑스럽기도 하고 내심 잘생겼다고도 생각하는 오빠지만, 그런 오빠의 얼굴을 여자인 자기가 빼다 박았다는 건 내심 여자로서 자존심이 상하는 문제라는 것.

셜록 집안의 두뇌는 당연히 덤으로 타고난 이 소녀가 오빠와 사뭇 다른 면이 있다면, 바로 이런 엉뚱하면서도 솔직 담백한 모습일 것이다. 다만 혹시라도 BBC '셜록 시리즈' 4에 등장하는 유로스 홈즈를 본 독자가 있다면, 그녀의 첫인상은 잠깐 잊어도 좋다. 음, 셜록 홈즈보다도 뛰어난 지능을 지닌 사이코패스 성향의 유로스 홈즈 말이다. 왜냐하면 뭔지 모를, 셜록 홈즈와의 끈끈한 케미가 기대되는 차분하면서도 천진난만하고 엉뚱한 열네 살배기 소녀의 매력은 어떤 선입견도 없이 그저 머리가 하얀 백지상태에서 만났을 때 더 잘 느껴질 것 같기 때문이다.

고이 잠들어 있던 꼬마 탐정의 불씨를 댕기다

사실 에놀라도 처음부터 꼬마 탐정(?)이 될 마음은 없었을 듯하다. 하지만 아직은 고이 잠들어 있던 홈즈 집안의 타고난 유전자의 불씨를 댕긴 사건이 발생하고 만다. 에놀라의 엄마, 그러니까 홈즈의 어머니이기도 한 그녀가 가출을 감행한 것이다. 열네 살배기 어린 소녀의 눈에 비친 엄마의 실종, 그리고 이를 계기로 태어나서 처음 만나게 된 홈즈 가문의 오빠들. 이 과정에서 에놀라는 여태 오빠들을 못 만난 이유가 환영받지 못하는 늦둥이로 태어나 집안의 수치로 여겨졌던 자기 때문이 아니라, 자유로운 사고를 지닌 엄마와의 갈등 때문이었다는 사실을 알게 된다. 아울러 당시 빅토리아 사회의 규칙에 따라 적절한 여성의 행동을 강요하는 오빠들(특히 마이크로프트 오빠)의 등쌀에 못 이겨 결국 기숙학교행이 결정되면서 에놀라는 지금까지 살아온 소녀 인생을 발칵 뒤집어놓을 만한 일생일대의 커

다란 결정을 내린다. 감히, 어린 소녀 신분으로, 그 억
압된 여성상에 반기를 들고, 자기 이름(에놀라Enola)을
거꾸로 읽었을 때의 뜻을 되새기며 '홀로alone', 엄마가
늘 해주던 말을 가슴에 품은 채 '혼자서도 잘', 사라진
엄마를 찾아 좌충우돌 모험 길에 나선 것이다.

사라진 후작 사건에 연루되는 에놀라,
자신만의 암호해독으로 알아낸 엄마의 비밀!

어린 에놀라는 홈즈 가문의 저력 있는 두뇌와 직감, 본
능, 그리고 그 또래의 재기발랄한 발상으로 엄마 외에
두 번째 실종자이자 귀족의 잃어버린 아들을 찾아 나
선다.

그렇게 그야말로 위험천만하고 낯선 런던을 헤매고
돌아다니면서 마침내 소녀 탐정으로서의 용기 있는 첫
발을 내디딘 것이다. 에놀라가 실종된 엄마가 남긴 암
호를 자신만의 방식으로 하나둘씩 풀어나가면서도 오
빠들의 눈길을 피하기 위해 자칫 허무맹랑해 보이는
'무계획의 계획'을 차근차근 세워나가는 방식은 어디로
튈지 모르는 톡톡 튀는 재미를 선사한다.

그것은 홈즈만이 생각해낼 수 있는 재치 있고 명석
한 방식이자, 그 나이 또래의 여자아이들만이 생각해

낼 수 있는 엉뚱하고 독특한 방식이기 때문이다. 빅토리아 시대를 그대로 옮겨놓은 듯한 시대적 묘사라든지, 긴박하고 탄탄한 이야기의 전개, 가끔씩 등장하는 유머코드, 이야기 전체에 흩어진 단서를 찾는 재미요소 등은 청소년층이 아닌 어느 연령층의 독자가 보더라도 미스터리 탐정 소설로서 각 독자의 눈높이에 맞는 참신한 읽을거리를 제공해줄 듯하다.

영화화되는 에놀라 홈즈 미스터리

사실 이 책 『사라진 후작 *The Case of the Missing Marquess*』 (2006)에 등장하는 에놀라 홈즈의 꼬마 탐정 이야기는 『왼손잡이 숙녀 *The Case of the Left-Handed Lady*』(2007), 『기묘한 꽃다발 *The Case of the Bizarre Bouquets*』(2008), 『별난 분홍색 부채 *The Case of the Peculiar Pink Fan*』(2008), 『비밀의 크리놀린 *The Case of the Cryptic Crinoline*』(2009), 『집시여 안녕 *The Case of the Gypsy Goodbye*』(2010) 등 총 6편에 달하는 '에놀라 홈즈 미스터리' 시리즈의 첫 편이다.

여러 외신에 따르면 넷플릭스의 〈기묘한 이야기〉에 출연한 밀리 바비 브라운이 청소년 미스터리 영화 시리즈에서 전설의 셜록 홈즈의 여동생인 에놀라 홈즈 역으로 캐스팅되었다는 소식도 들린다. 마치 해리포터 시리즈처럼 차근차근 영화화될 것이라는 기대감이 싹 트는 대목이다. 각색이 들어가는 영화와는 좀 다르겠지만, 영화를 보기 전에 먼저 지친 일과를 뒤로하고, 원작에서 살아 숨 쉬는 에놀라 홈즈와 함께 그녀의 톡톡 튀는 매력 속으로 빠져 들어가보는 것은 어떨까?

앞으로의 에놀라 홈즈를 기대하며

책의 초반부에서 에놀라 홈즈는 말한다. 왓슨 박사가 나열한 오빠의 업적 목록, 그러니까 '학자이자, 화학자이자, 최고의 바이올린 연주자이자, 사격의 명수이자, 검술사이자, 권투선수이자, 명석한 추론적 사상가'를 떠올려보았노라고. 그러면서 스스로가 생각하는 자신만의 진정한 업적 목록도 만들어본다.

'나는 읽을 수 있고, 쓸 줄 알고, 산수를 할 수 있다. 새 둥지도 찾을 수 있고, 지렁이도 파낼 수 있으며, 고기도 잡을 수 있다. 아, 맞다, 그리고, 나는 자전거도 탈 수 있다.' 오빠와 비교하자니 뭔가 꽤 울적한 기분이 드는 에놀라 홈즈. 하지만 엄청난 꼬마 탐정으로서의 여정을 마친 후, 책 후반부에서 에놀라 홈즈는 다시 말한다.

셜록 홈즈 오빠는 추리는커녕 상상도 못 한 것들을 자신은 알아냈노라고. 셜록 오빠는 '여자'를 비논리적이고 천한 존재라며 무시했지만, 자신은 오빠의 '논리적 마인드'로는 절대 이해하지 못할 여성들이 속한 세계에서만 사용되는 별개의 의사소통 암호를 이해했노라고. 셜록 오빠는 감히 이해하거나 상상하거나 실행할 수 없는 일들도 자신은 해낼 수 있노라고, 그리고 그렇게 할 계획도 세웠노라고. 앞으로 이어질 에놀라 홈즈의 활약을 기대하며 이쯤에서 하루도 빼놓지 않고 마음에 품고 있던 그녀를 떠나보낸다.

셜록 홈즈의 동생 에놀라 홈즈를 만나 행복했던
2018년 가을
김진희

옮긴이 김진희 연세대학교에서 경영학 석사학위를 받고 UBC 경영대에서 MBA 본 과정을 수학했다. 홍보 컨설팅사에 재직하면서 지난 10여 년간 삼성전자, 한국 P&G, 한국 HP 등의 글로벌 브랜드 뉴미디어 광고 및 홍보 컨설팅을 수행했다. 옮긴 책으로는 『내 시간 우선 생활습관』『진흙, 물, 벽돌』『프로젝트 세미콜론』『구름사다리를 타는 사나이』『4차 산업혁명의 충격』『왓츠 더 퓨처』 등이 있다. 개인 브랜딩, 광고, 홍보, 미디어, 대중문화 등 다양한 분야에서 글을 쓰고 있으며, 출판 기획자로도 활동하고 있다.

에놀라 홈즈 시리즈 1
사라진 후작

초판 1쇄 발행·2018년 11월 7일
초판 4쇄 발행·2022년 6월 01일

지은이   낸시 스프링어
옮긴이   김진희
펴낸이   김요안
편집   강희진
디자인   김이삭

펴낸곳   북레시피
주소   서울시 마포구 신수로 59-1
전화   02-716-1228
팩스   02-6442-9684
이메일   bookrecipe2015@naver.com | esop98@hanmail.net
홈페이지   www.bookrecipe.co.kr | https://bookrecipe.modoo.at/
등록   2015년 4월 24일(제2015-000141호)
창립   2015년 9월 9일

ISBN 979-11-88140-43-5 43840

종이·화인페이퍼 | 인쇄·삼신문화사 | 후가공·금성LSM | 제본·대흥제책

이 도서의 국립중앙도서관 출판예정도서목록(CIP)은 서지정보유통지원시스템
홈페이지(http://seoji.nl.go.kr)와 국가자료공동목록시스템(http://www.nl.go.kr/kolisnet)에서
이용하실 수 있습니다. (CIP제어번호: CIP2018034305)